中经典
Novella

Moacyr Scliar
MAX E OS FELINOS / OS LEOPARDOS DE KAFKA

马科斯与猫科动物

[巴西] 莫瓦西尔·斯克利亚 著　毕梦吟 译

著作权合同登记号　图字 01-2017-8518

© Moacyr Scliar, Porto Alegre: L&PM 1981, 2001 (for Max e os felinos)
Moacyr Scliar, São Paulo: Companhia das Letras 2000 (for Os leopardos de Kafka)
All rights reserved
By arrangement with Literarische Agentur MertinInh. Nicole Witt e.K.,
Frankfurt, Germany

图书在版编目(CIP)数据

马科斯与猫科动物 /（巴西）莫瓦西尔·斯克利亚著；
毕梦吟译.—北京：人民文学出版社，2017.8
　（中经典）
　ISBN 978-7-02-013183-9

　Ⅰ.①马… Ⅱ.①莫… ②毕… Ⅲ.①中篇小说-小
说集-巴西-现代 Ⅳ.①I777.45

中国版本图书馆 CIP 数据核字(2017)第 191921 号

总 策 划	黄育海
责任编辑	朱卫净　何家炜　邰莉莉

出版发行	人民文学出版社
社　　址	北京市朝内大街 166 号
邮政编码	100705
网　　址	http://www.rw-cn.com
印　　刷	上海盛通时代印刷有限公司
经　　销	全国新华书店等
字　　数	90 千字
开　　本	889 毫米×1194 毫米　1/32
印　　张	5.875
插　　页	2
版　　次	2018 年 2 月北京第 1 版
印　　次	2018 年 2 月第 1 次印刷
书　　号	978-7-02-013183-9
定　　价	32.00 元

如有印装质量问题，请与本社图书销售中心调换。电话：010-65233595

目录

柜子上的老虎 .001
小船上的美洲豹 .025
山里的雪豹 .053
卡夫卡的豹 .079

致我的朋友们，我的第一批读者：莉迪亚、热吉娜、伊萨克、玛利亚·格罗伊亚、若泽·奥诺夫热、玛丽娜·何雷娜

致克劳斯和赛博第

害怕,我?老虎不会对任何人感到害怕……隐形的老虎,是我的灵魂。

——弗朗西斯科·马西埃·恩圭马
赤道几内亚被废黜的独裁者

柜子上的老虎

马科斯总是以各种方式和猫科动物联系在一起。

马科斯一九一二年出生于柏林,是一个皮货商的儿子。在各种皮货中,他最欣赏的是豹皮,但不幸的是,他父亲的小店不在柏林闹市区,很少会出现豹皮。店里卖的主要是处理品:比如血统不纯的狐狸、雪地里遇到的死貂、其他皮货商丢弃的貂鼠。家中禁止谈论的话题是商店向最没有头脑的客人出售混有兔毛的外套。作为一个商人和一个男人,汉斯·施密特很不讲究。他矮胖得像一只熊,非常热切地夸耀自己产品的质量,经常对客人红着脸大声喊叫,唾沫星子乱飞;在家里,他在大声喝汤的间隙向妻子和儿子吹嘘已经欺骗了他们多年的谎言。马科斯和他的母亲安静地听他讲话。埃尔纳·施密特和她的丈夫完全不同,她瘦小、腼腆、敏感,不缺乏文化。青少年时,她希望成为朗诵家;夜晚,在睡梦中,她会高声朗诵歌德和席勒的诗篇。而她的丈夫则会把她摇醒并高声叫道:我没法睡觉,都是因为你疯疯癫癫的。埃尔纳从来没有回应过丈夫粗鲁的行为;但是有的时候,当她给儿子讲故事的时候,会突然间停下,紧紧抱着儿子流泪。

所有的这些对马科斯造成了痛苦和不快,他继承了母亲近乎病态的敏感,而这些痛苦和不快把他引向了动物的毛皮。自孩童时代起，他就习惯在商店的仓库里寻找庇护，那是一个很小的房间，光线和风都是通过墙上粗铁棒围成的小窗户进来。在那里，马科斯感到幸福。他喜欢把自己的脸贴在皮毛上，尤其是（这后来成为一种讽刺）猫科动物的皮毛上。有一种奇怪的感情让他颤抖，他想到这皮毛有一天会重新覆盖在非洲草原上那个追逐在羚羊后面的优雅动物身上。这不就是动物身上的皮毛吗？是的。但是对于马科斯而言，这更像是一只活生生的野兽。

曾经有一只老虎，也正是因为它，马科斯父亲的商店取名为"孟加拉虎"。这只老虎正是被汉斯·施密特在同一个猎人俱乐部前往印度的旅程中亲自猎获，这个冒险的描述给小马科斯带来兴奋和刺激，当然还有几乎无法忍受的不适。印度在他父亲粗鲁和嘲笑的描述中是一个非常肮脏的地方，到处都是瘦骨嶙峋的当地居民，他们被称为"不能碰触的人"。对他来说，印度之行唯一值得的是狩猎老虎，他非常仔细地同他人描述整个狩猎过程。那里有坚不可摧的森林、夜晚神秘的声音，猎人们趴伏在树下紧张地等待老虎的出现。突然，猛兽在林中的空地上出现，随后就是来自汉斯·施密特的蜡质子弹，这就是现在店里柜子上的那个动物。老虎被制成动物标本，狩猎非常成功，因为毛皮几乎完整，也基本上看不到任何弹痕。去除动物的内脏，然后填充上更好的材料，标本的眼睛由玻璃制成，非常逼真。光线从某个角度射入，还会让眼睛闪耀出一种凶猛的光芒，这是马科斯在动物园里看到的老虎眼中所没有的，而且动物园里的老虎都老态龙钟，这样才更容易囚禁。

自打很小起，马科斯就很害怕老虎，甚至会因此做噩梦。他会在晚上惊醒尖叫，这加重了他母亲的绝望，因为她除了遇到的所有问题，还要忍受自己的哮喘和夜晚的恐惧。汉斯·施密特嘲笑儿子的胆怯，一有机会就说他："懦夫，就是个懦夫！"有一天晚饭后，汉斯叫马科斯去商店取一份落下的报纸，当时马科斯只有九岁，他不愿意去，因为外面一片漆黑又寒风刺骨，但是汉斯生气地说："不要再当个胆小鬼了。"埃尔纳开始一边哭泣一边恳求丈夫看在上帝的分上不要逼迫孩子去做这样的事情。马科斯僵硬地坐着听父母的争论，突然他站了起来，一句话也没说，拿起外套径直朝店的方向走去。

在空无一人的街道上，马科斯加快行走步伐。经过一个转弯，他看到一大群人在路中间高举火把、唱着国歌前进，这是社会主义者的游行。游行者们缓缓地前行，并向马科斯使了个信号让他参与进来。

突然间，游行队伍出现骚乱：警察向游行者冲过来。在一片混乱中，马科斯看到一个男人的头部被剑击中并倒下。因为受到惊吓，他立刻跑向路旁边的父亲的商店。马科斯害怕地一直颤抖，迟迟没能把钥匙插入门上的钥匙孔里。最后终于打开门进入商店，他赶快躲在一个模型的后面，牙齿在黑暗中直打哆嗦。过了一会儿，叫声渐渐平息。路面又恢复了平静。

马科斯盯着柜子上的老虎，当外面汽车经过时，车灯扫过店内照在老虎的眼睛上，会闪现出阴森的光芒。在他们之间，小男孩和猛兽之间，是一个柜台，柜台上面就是父亲要的报纸。马科斯觉得他永远够不到这张报纸；永远不能，至少现在他害怕得无法移动。这是一种羞辱般的恐惧，悄悄地紧紧围绕着他。为什么父亲需要这张报纸？有什么新闻这么重要？为什么？眼泪从他脸上滑落，为什么对他——唯一的儿子这么残酷？

一个想法从他脑中闪过：街角的报刊亭有可能还开着，或者可以从那儿买一份报纸？但是不行。明天汉斯·施密特来店里一开门就会看到柜台上的报纸，他嘲讽的话语将令人无法忍受。不行。必须战胜恐惧，战胜老虎，拿到报纸后立刻逃离商店，然后像什么都没有发生一般回家。"爸爸，你的报纸，还需要什么其他的吗？"但是他现在被牢牢地固定在地板上，没办法挪动一步，他的双腿不听他的使唤。

电话响了：有可能是父亲因为他的拖延而生气打来的（"你在那里做什么？闻皮毛的味道？胆小鬼？"）"别响了，混蛋，别响了！"马科斯害怕地小声说。但是电话继续响，这时马科斯推倒模型，冲向报纸，但是被绊倒了，重重地摔倒在柜台上。玻璃随之碎裂，碎片深深地扎进他的手里。灼热的疼痛让他不禁高声尖叫；但是即使手上流着血，他还是拿起报纸往家走。当母亲看到他时，开始歇斯底里地惊叫。"没什么。"马科斯安抚母亲道。然后把带有血迹的报纸递给父亲，这个男人愚蠢的脸是马科斯昏厥前看到的最后一幕。

马科斯不喜欢父亲的商店，那是父亲和孟加拉虎的地盘。他喜欢的是商店里的仓库。多年来他养成了躲藏在仓库里阅读汉斯·施密特认为很怪异的书籍，这是汉斯允许他这么做的，毕竟他是马科斯的父亲。在仓库里，马科斯阅读了安徒生和格林童话，因为受母亲的影响，还读了歌德和席勒的诗篇。但是他最喜欢的是游记，接触的第一套叫做《小彼得探险记》。多亏这套书里五颜六色的插图，让马科斯认识了非洲（《小彼得去非洲》）、日本（《小彼得去日本》），但是他跳过了印度，因为印度的形象早已被他父亲的描述毁了，最后他对巴西（《小彼得去巴西》）这个国家深深地着迷了。在第三或是第四页的一幅插图上，小彼得在广阔的丛林中惊讶而无惧地面对着一只刚刚吞食完土著居民的大型猫科动物（根据注释说明，这是一只美洲豹），那人的脚还挂在猛兽的嘴边。除了这个"盛宴"——或者也正因为此，这只美洲豹透露着一种友好和善的气息，甚至还带有点幽默，与那只孟加拉虎完全不一样。于是马科斯认为巴西是一个快乐幸福的国家。"真希望有一天能认识这个令人着迷的国家。"他在日记本中写道。马科斯没什么朋友，躲避在皮草仓库的习惯加重了他的孤独。在那个仓库里，他第一次抽烟、第一次手淫、第一次发生性关系。

这个女人叫弗里达，在汉斯店里工作。虽然她是唯一的员工，但是店里生意冷清，她的存在并没有什么必要。她矮矮胖胖，面带微笑，非常健谈，是南部农民的女儿，完全不是一个精致细腻的人。她经常用粗俗的语言向马科斯讲述辛辣的八卦，然后看着他害羞的模样放声大笑。

一天下午，汉斯需要外出，便叫弗里达照看一下店里的生意。"老板您去休息吧。"她说道，但是当汉斯刚离开，她便锁上店门跑向仓库。马科斯像往常一样躺在仓库的皮草上读书。

弗里达开始试穿仓库里的大衣，从一头走到另一头，"马科斯，怎么样？我像不像一个贵妇，马科斯？"她笑着朝马科斯眨眼。马科斯不安地斜着眼看她。弗里达打开收音机，探戈的和弦在整个仓库中流淌。

"来一起跳舞吧。"

马科斯低声嘟囔道自己不会跳舞，但是弗里达已经把他拉向自己。他们脸贴着脸起舞。马科斯触摸到她柔软的皮肤，开始感到越来越兴奋，最后，两人躺倒在皮草上，"让我来。"她小声说，因为她很有经验，所以一切都进行得很顺利。当汉斯·施密特回到店里的时候，弗里达已经再次站在柜台后，马科斯仍待在仓库里，把依然通红的脸隐藏在书后，而那只在柜子上的孟加拉虎，一如既往地凝望着他。

但是第二天，汉斯就辞退了弗里达。难道是怀疑她吗？有可能。但是不管怎么样，他禁止女孩回到店里；马科斯也告诉自己从今往后不能再与她有任何联系。

可是马科斯无法忘记在仓库的那个下午，他连梦里都是弗里达。他给她写情书，随后又马上撕毁，最后他无法再忍受相思之苦，便跑去她家中找她。弗里达像什么事都没有发生过，没有任何不满，面带微笑地迎接他。她问了汉斯、商店甚至仓库里那只老虎的情况。随后他们拥抱在一起，在狭小客厅的沙发上做爱，无视坐在一旁轮椅上清唱着蒂罗尔古老民歌的又聋又瞎的姨母。完事后，在整理衣服时，弗里达以一种随意的语调向马科斯问道："仓库里的那件狐狸皮大衣卖掉了吗？""还没有。"马科斯回答道。

"这样，"她以一种怪异的眼神看着马科斯说，"下次你再来找我的话，就带上那件大衣，否则就别来找我了。"

那天晚上，马科斯拿起商店钥匙去仓库偷那件大衣，孟加拉虎这次没有让他感到丝毫害怕。为了不让父亲产生任何怀疑，他用铁锹猛击铁棒围成的窗户，并把皮草散落满地，最后，出于复仇的快感，他把用稻草填充的老虎标本推倒在地。尽管汉斯·施密特对只丢失了一件外套感到蹊跷，但是他仍然非常的愤怒。在午餐桌前，他对妻子和儿子叫嚷着："德国已经失去了诚实和正直，国家已经沦陷为强盗和左派分子的巢穴。"

当天晚上，马科斯就带着大衣跑向弗里达。她惊叹道："你真的为我这么做了，马科斯！"

弗里达带马科斯去卧室，进行了一场快速但火热的性爱。随后，她赤身裸体地站起，穿起外套在镜子前面笑着来回走动。马科斯兴奋地等待第二次性爱，但是被她不耐烦地推开，突然弗里达恼怒地说："够了，就这么一件给乞丐穿的大衣，这已经足够了。"马科斯顿时感到脸颊发热，然后一言不发地穿上衣服离开了。

三天后的一个周六,马科斯和父亲在市中心朝家的方向行走,突然间,汉斯·施密特发现了什么。"怎么了?"马科斯问道,但是汉斯没有回答他。"站住!"他吼叫道,并穿过一片惊讶的路人朝目标奔去。

是弗里达。马科斯通过那件皮草外套认出了她。

追逐并没有持续多久,因为弗里达被什么绊倒在地。汉斯冲向她开始咒骂:

"混蛋!小偷!"

弗里达奋力地挣脱。马科斯惊慌失措地呆立在一旁,不知道是否应该介入。弗里达看到马科斯,开始向他求救:

"帮帮我,马科斯!告诉他不是我偷了这件外套!快告诉他,马科斯!"

马科斯跑向父亲想要制止他,可是他正在气头上。来了两名警察把扭打在一起的汉斯和弗里达分开,在简短的问话后,把他们两人带回到警察局,聚集在一起看热闹的人群在嘲笑和揶揄中慢慢散开。而马科斯不知道该怎么办,只好先回家。汉斯晚上才回到家,手里拿着那件皮草外套不满地说:"弗里达竟然被释放了,按我说她应该去蹲监狱。"

"马科斯,我们国家再也没有任何道德可言!德国已经今非昔比了!可怜啊,太可怜了!"

汉斯瘫坐在椅子上,屋里蔓延着一种无助的气氛,马科斯第一次有点同情自己的父亲,粗线条的汉斯·施密特不再是那个蛮横霸道的独裁者,而是低着头、缩着肩膀静静坐在一角的男人,那是充满困惑、受到惊吓的形象。马科斯走向他,一只手轻放在他的肩膀上,但是他不知道要说什么来安慰父亲,于是就提出去给店里帮忙:"你不需要那个女人,我可以帮你一起工作。"汉斯·施密特抬起头,眼睛又恢复了神采:"你,皮草商?不可能的。你根本不会做皮草的生意。"

但是汉斯刚说完就后悔了。"不,我的儿子"他说,"可怜的孩子,我不想让你做这份没有未来的工作,这是犹太人才做的生意。我之所以做这行,是因为我从来没有读过书,其他的什么都不会啊。"

"你要去读大学,马科斯!"汉斯站起来指着他说,"我想让你成为一个有出息的人,一个领导,一个德国真正需要的人!"

就像汉斯所期待的,马科斯在大学里表现出众并兴趣广泛。最初他想钻研法学和人文学,但是随后他对异国情调痴迷,让他最终选择投身于自然科学。马科斯开始参加昆斯教授的实验课,这位相对年轻的专家当时因动物心理学研究而名声大噪。昆斯教授研究猫在冲突中的行为举止,他把动物放在一个巨型的迷宫中,然后制造困境,一条道路通往盛满牛奶的小碟,另一条道路则通向凶猛的叭喇狗。"很快,"昆斯教授说,"人们会通过这个实验联想到政治和社会事件,所以这些实验有很大的实践价值。"

(一段时间后,当战争快结束时,教授开始拓展他的领域，主要研究吉卜赛人。其中的一个研究是把脖子上配有麦克风的吉卜赛青年从飞机上扔出，昆斯教授希望他们在坠落的过程中出现奇迹，或者至少传递某些关于生命意义的指引，比如传说中远古的呼唤，等等，因为当时盟军已经在柏林城外，所以教授急于知道获得长生不老的秘诀。但他的期望随后就落空了：吉卜赛人在着陆的一声闷响后摔得面目全非。昆斯教授戴着耳机焦急地等待他们发出的启示，但是毫无所获。他最后不得不发表了这个负面的研究结果，其中还引用了吉卜赛人流浪生活和死亡轨迹之间的一系列复杂理论。在最后的结论中他说，吉卜赛人搭乘着四轮马车，在流浪中寻找毁灭，并习惯在沉默中重生，这就是这个实验失败的原因。最后他为以后同类型的研究提了一个建议：把吉卜赛人和他们的马车一同扔入深渊。）

马科斯不怎么相信昆斯教授的研究，但是他喜欢这位教授，愿意为他的实验收集标本，因为他像"小彼得"一样走过无数国家，比如他在巴西居住过好多年。马科斯不厌其烦地听教授描述热带雨林中的缤纷世界，那里有巨大的蝴蝶和好奇的树獭，还有神秘的猫科动物。"有一天我一定要去巴西亲眼看看。"马科斯感叹道。当时的马科斯十九岁，中等身高，体型消瘦，在棱角分明的脸上有一双渴望挑战的眼睛，他有良好的天赋并认为自己是一个乐观主义者。这和他的同学也是好朋友的哈拉尔截然相反。他们二人年龄相同、体型相似，甚至都用同款的金丝眼镜，考虑问题的方式也相似。但是哈拉尔是一位社会主义者，他的父亲也是，还参与了马科斯小时候去商店取报纸时遇到的那次游行，并差点在游行中丧生，他一直饱受政治的折磨，然后又将这个苦水倒向自己的儿子。哈拉尔相信阶级斗争，并加入了一个秘密组织，他经常说："我们要通过流血来让人民从专制的王国抵达自由的国度。"但是除了这些夸夸其谈，他连一只苍蝇都杀死不了。哈拉尔期待有能人勇士带头完成这项艰巨的任务，然后他尽其所能来作贡献，比如写写文章或者诗歌。

马科斯又和弗里达开始约会，因为她非常感谢马科斯在汉斯打她时伸出援手，所以待他格外温柔。可是他们一周才悄悄地见一次，因为弗里达当时已经和一个小商人结婚了。马科斯看过她丈夫的照片，他是个纳粹分子，每周四的晚上（也是弗里达和马科斯私会时间）会去参加党派会议，然后喝得酩酊大醉，手舞足蹈地回家，嘴里还嘟囔着："纳粹很快就要征服世界了！""他想统治世界，"弗里达嘲笑道，"但是他在床上简直是个灾难。"马科斯也看不起纳粹，觉得他们很可笑，但是哈拉尔总是警惕地说："他们已经开始伸出魔爪了，可是大家还是无动于衷啊，马科斯！"

"可怜的哈拉尔，你看他这几天的样子实在是让人同情，满脸胡楂、神志恍惚。他的问题就在于没有女人。"弗里达向马科斯担忧地说。"你要不带他来这里吧？"她开玩笑地问。马科斯有点恼羞成怒，但是也不得不承认如果哈拉尔有个女人，他的情况也许会得以改善，他从来没有接触过女人，他太需要一个像弗里达一样热情开朗的女人了。于是他带哈拉尔去弗里达的家，可是事情演变成了灾难，哈拉尔哭着承认自己阳痿。从那以后，他的情况急剧恶化。有一天晚上，哈拉尔的母亲打电话向马科斯求助，让他赶快来她和哈拉尔居住的家中。当他赶到时，马科斯看到他的朋友赤身裸体地蹲在座椅后，高声尖叫："纳粹要闯进家里来了！"

弗里达和马科斯竭尽所能地帮助他。弗里达给他钱，马科斯帮他寻找精神科医生。但是进展不尽人意，因为哈拉尔的父亲是非常有名的左派激进分子，所以哈拉尔也有了同样的名声，这导致没有一个精神科医生敢和纳粹对立而来治疗他。于是哈拉尔的病情日渐恶化，他开始绝食和大小便失禁。

有一天，马科斯接到弗里达焦急的电话："我有急事跟你说。""我去你那儿。"马科斯回答道。

"不，我这不行，等会儿和你解释。"

他们约在近郊一个小餐厅里。马科斯先到，随后弗里达也到了，她戴着厚重的面纱遮住全脸。她坐下后喝了一杯马科斯递来的白兰地，然后就直奔主题：

"情况变得很糟糕，马科斯。你需要赶快逃跑。"

"逃跑？"

"是的，逃跑！"

弗里达的丈夫发现了她同马科斯和哈拉尔之间的通话，并向政治警察告发了他们。哈拉尔尽管现在还在生病，但是已经被带走审问并且拘留。

"他们现在就在找你了，马科斯，你得马上跑。"

她已经安排好了一切：她联系了一个可靠的货船船长可以带他离开这里。但是马科斯需要去汉堡市乘船。

"什么时候？"

"今天，现在！"

马科斯不敢相信地看着她，整个故事对他来说充满荒诞。要离开自己的国家？为什么会跟弗里达牵扯上？太不可理喻了。我没有犯下任何罪行，更没有任何政治错误。为什么哈拉尔被拘留了，而且他竟然认罪了，警察会逮捕我吗？为什么？但是不管怎么样，弗里达显得非常焦虑，于是马科斯选择结束对话，"好吧，"他说，"我现在回家去收拾一下东西……"

"不！"弗里达显得焦急而害怕，"千万别，马科斯，他们会去抓你的。"

马科斯尽力安抚弗里达，让她不要担心，他知道接下来要怎么做。随后他们分别各自离开，弗里达上了一辆出租车，而马科斯选择乘坐公交。当他回到自己的街道时，夜幕已经降临。他的母亲在街角等待着他，从母亲脸上的表情，马科斯立刻明白弗里达说的都是真的：纳粹分子真的在抓捕他。

"他们在哪里？"马科斯的母亲哽咽道，"他们在审问你的父亲。"

马科斯抱住哭泣的母亲低声说："不要担心，这只是一场误解，很快就会水落石出的。现在我需要做的就是消失一段时间。"

马科斯的母亲擦干眼泪，想对他挤出一个微笑。"你离开一段时间吧。"她说，"神会与你同在。"然后她打开包，从里面拿出一个深色毛绒袋子。

"这里有一些钱和我的首饰，总会有用的。"

他们亲吻告别。随后，马科斯匆忙地转身离开。他最后转头看了一眼母亲，她一个人呆立在薄雾中，这也是马科斯最后一次看到母亲。

马科斯用公用电话打给弗里达，再询问了一些关于轮船和行程的细节。她非常详细地给马科斯解释来平稳他的情绪："我跟你说过，船长是个可靠的人，他是我的一个亲戚，两到三周的时间他就会把你带到巴西桑托斯港口。"

这时马科斯才意识到他一直都没有问弗里达他要逃往何方。巴西？那个奇异的国家？这让他燃起了童年时的热情，可是马上他又感到一阵恐慌。巴西？他对这个国家了解多少？微乎甚微：他只是从《小彼得》的书中和昆斯教授的口中得知这个地方。其余的全是未知，比如当地人是什么样的，身材如何，高还是矮，结实还是消瘦，头发是什么颜色和特质，眼睛又是什么颜色，聪明与否，牙齿怎么样，会不会有些奇怪的风俗习惯？他们的祖先又是谁，高加索人、蒙古人或者其他种族？讲什么语言，有什么传统，信奉其他的宗教？怎么进行祷告，是否有人殉道？人们是什么性格，绅士、疯狂、保守、勤恳、反叛？对外国人包容吗？

他对巴西的政府、社会形态充满疑问，比如军队的徽章、国歌、国旗、农产品、航海业、矿产勘探、海陆空运输和货币都分别是什么样？

对巴西的气候也是一无所知。干旱还是多雨，有没有信风，空气潮湿吗？假如空气非常潮湿，那呼吸就会很困难，衣服会像湿漉漉的纸黏在身上那样难以脱去吗？

除了昆斯教授的描述，马科斯还有无数关于动植物的疑问。大型的食肉植物是真实的还是谣言？据说那里有很多兰科植物还有猫科动物，对，猫科动物。

"喂！喂，马科斯，你在听我说话吗？"弗里达不耐烦地说，"快点回答我，马科斯！"

"在，"马科斯说，"我在听。""还好，我还以为电话断了。"弗里达说。

"我们要告别了，不能再说了，祝你幸福，希望有一天上帝让我们……"

"再见。"马科斯说。他挂了电话，然后动身前往车站，搭乘汽车前往汉堡市。

在汉堡的码头等待马科斯的是一个令人不安的消息：那艘原本带他去巴西的轮船"喜乐号"刚刚起航了。他们给马科斯指了另外一艘也前往巴西的轮船。于是，马科斯前去找船长谈话。

船长有着一张非常凶恶的脸，长长的黑胡子，像过去的海盗一样，一只眼睛被纱布蒙住。他充满猜疑地看着马科斯:"是,我的船是去巴西的桑托斯。但是我们不载客!"

马科斯苦苦坚持,并把身上一半的钱都给了船长。不得已给了所有的钱后,船长终于同意了。

"但是你要知道,"船长说,"我不对发生在你身上的任何事情负责任,听清楚了吗?"

马科斯认为这只是一个形式上的警告,因为他无法预测将会发生什么,于是他回答说没有问题,他已经做好应对准备。船长把他带到一个狭窄发霉的寝舱,说:

"这已经是最好的房间了。"

"好。"马科斯说。"日耳曼号"当晚就起锚出航了,在船尾甲板上,马科斯看到陆地上的灯火渐渐消失在远方。

在船上的头几天,马科斯病倒了。因为食物非常粗糙,他开始不停地呕吐;因为机器的噪声和另外一种诡异的声音——好似动物的吼声和尖叫声,让他晚上无法入眠。这种声音很奇怪,但是船上奇怪的事情太多了。马科斯还轮不到在船上提问题,更别说抱怨。渐渐地,他开始一点点习惯船上的生活。

和船长说的相反,马科斯不是船上唯一的乘客,还有一位中年意大利男人,很友好并永远面带微笑,他在甲板上经过时有一种在大城市马路上行走的感觉:西装笔挺,打着领带,手握带有银饰的手杖。这位依托热先生讲着一口蹩脚的德语。当马科斯得知他在巴西生活过后,便立刻去找他。大家说他是一个杂技团还是动物园的老板,在欧洲巡演后去往巴西。这些动物现在就关在轮船的货仓里，这解释了马科斯晚上听到的动物吼声和尖叫声。船上的动物让马科斯有点忧虑，于是他鼓起勇气跟船长提这件事。船长哈哈大笑说："危险？要感到危险的应该是这些动物，也不看看落到谁的手里。"他指了一下船上的水手。

依托热先生对巴西充满热情。"在巴西可以赚大笔的钱，我保证，我不是个例，"他立刻补充道，"我喜欢生命里美好的事物：女人、赌博还有美酒。"他露出奸诈的笑容。

尽管这个意大利人非常友好，但是马科斯一点也不想和他待在一起。这位依托热先生肯定在隐藏些什么东西，尤其是马科斯两三次看到他与船长窃窃私语。但是马科斯决定不卷入他们的阴谋中，平安地抵达目的地就好。他现在唯一想的就是在巴西生活一两年，等纳粹分子失势就立刻回到德国，和父母一起生活，并回归正常的大学生活。他幻想有一天可以向朋友们叙说在"日耳曼号"上的经历，并祈祷现在发生的一切可以立刻成为过去。对父母的想念让他不禁落泪，他在日记里把无尽的感伤化成长长的家书（但是何时才能寄给他们呢），多么希望时间可以过得快些，好让分离显得不那么伤心。马科斯现在甚至都怀念父亲商店仓库里的那只老虎标本，并期待有一天可以再看到它，不过，这是因为他还不知道接下来要发生的事。

一天晚上，马科斯醒来，感到船上充满异样的气氛。动物们比往常更加紧张兴奋。他坐在床上，的确有什么不寻常的事情正在发生：他听到急促的脚步声和人们大声的叫喊。他赶快穿上衣服离开房间，就在这时，灯灭了。在半黑暗中，马科斯看到人们从船的一端跑到另一端。"发生什么事了？"他问道，但是没有人回答他。他跑到甲板上，这时他才意识到船正朝一侧快速倾斜。"船长！"他高声呼叫道，"依托热先生！"没有任何人回复他，船员们正匆忙地降下救生船。这时马科斯明白了：船正在下沉。船正在快速地下沉，不一会儿船上就空无一人了。马科斯惊恐地跑向舱壁，叫道："不要丢下我！"

但是无济于事：救生船正快速地离开。"啊，这群叛徒！"马科斯怒吼道。瞬间他明白了整件事，"日耳曼号"根本不会到达目的地，这场灾难一开始就在计划之内。现在可以解释船长和意大利人奇怪的行为，还有他们鬼鬼祟祟的谈话。他们想要的就是这艘旧船，还有船上动物的保险金。船长还获得了马科斯的那笔钱，当然他也希望马科斯再也不能回来讲述整个来龙去脉。"混蛋！"马科斯愤愤地说道，但是他不能再浪费时间了，"日耳曼号"几分钟后就会完全沉入海底。他跑到船尾，奇迹般地找到一艘小船。没费多大力，他把小船推到海面上，随后又找到一只桨。马科斯知道当船沉没的时候会形成巨大的旋涡，会把小船吞没进大海深处。所以他用尽全力，拼命地向远处划。

当天色开始变亮，马科斯看到自己一个人孤零零地漂在大海上。巨大的不安和痛苦向他袭来，于是他开始崩溃般地哭泣。多么可悲啊，多么可悲的人生！童年时就已有诸多不快，少年时也饱受折磨，不得已匆匆离开自己的祖国，现在呢，轮船沉没了！够了。马科斯不停地哭并且低声咒骂："为什么我要和一个已婚的女人牵扯上，还有疯癫的左派分子？难道不知道这样肯定没有好结局吗？"

马科斯哭了很久，最后擦干眼泪环视四周明白：眼泪不能解决任何问题。所以需要权衡现在的情况来决定下一步。

风平浪静的海面好像一面镜子，上面漂浮着沉船的残片，但是轮船早已沉入海底不见踪影，暂时不会有救援，估计几天后会有。这艘小船很结实，还配有急救设施：马科斯在一个大油皮袋中找到罐装的食物，装有纯净水的瓶子，钓鱼用的器具和手电筒。这些准备好的东西也更加证实了马科斯对这起轮船故意失事的猜疑，但是这些东西也让他重新燃起了希望：有条件可以继续存活下去，现在要做的就是等待一艘经过的轮船来带他离开。

马科斯起初认为最大的风险就是食物短缺，但是他错了，他忘了还有太阳。

到第二天中午，马科斯就已经被严重晒伤。他感到晕眩，并伴有头痛，渐渐地还产生幻觉：他看到远处的地平线出现高耸的山峰，但当他闭眼的时候，山峰就消失了；他还看到身穿白色运动服的自行车运动员在海浪上骑行。突然间，他看到面前坐着哈拉尔。"哈拉尔！"马科斯叫道，"太惊讶了，哈拉尔！你竟然逃出来了，我的朋友！我们还在同一艘船上！我都不知道你在船上！"但是面对马科斯的惊呼，哈拉尔只是回以苦涩的微笑。

"你是不是对我有怨恨，哈拉尔？你认为我把你抛弃了？我没有抛弃你，哈拉尔。我当时必须马上逃跑，我都来不及跟我父亲告别；我也只是跟我母亲匆匆说了再见。上帝知道我会马上再看到他们的，哈拉尔，来，你不要生我的气了。"

哈拉尔还是安静地微笑着，风吹动着他的头发。

"为什么你不回答，哈拉尔？来，朋友，我们聊聊吧。我们必须讨论下现在的情形。出点主意，我们现在就靠这条小船活下去了。说啊，哈拉尔！出点主意！"

哈拉尔一动不动地坐着。这时突然一阵风刮来，吹走了他的头发，露出了光秃秃的头顶，然后他的皮肤也开始瓦解，哈拉尔带着苍白微笑的脸庞开始消失。马科斯一边惊呼一边伸出手去抓他，但是这时哈拉尔的形象消失了，重新只剩下船只。又是一个太阳暴晒后产生的幻觉。他需要自我保护，但是该如何保护呢？船上没有任何可以遮挡的东西。

这时他有了一个主意：他可以用漂浮在周围的"日耳曼号"残片来搭建一个简陋的小屋。在不远处漂着一个大木箱正好可以来做这个。他用最大的力气划向木箱。

马科斯把箱子拉向小船，他看到箱子顶端有个被折断的锁扣悬吊着，于是他把锁扣摘下。

有什么东西从箱子中一跃而出，一阵巨大的爆发力冲向他并跳上小船。马科斯被它打到头,顿时失去了知觉。

不一会儿,他恢复了意识并睁开双眼。

一声尖叫划破长空。在马科斯面前,在小船的木板上蹲着一只美洲豹!

小船上的美洲豹

"我的上帝,救救我吧。耶稣基督,可怜可怜我吧。父亲、母亲,快来拯救我吧。请拯救我吧!"

马科斯闭着眼,双手紧紧地抓住小船边缘,身体因为巨大的惊吓而不停地发抖,他幻想首先会是豹爪致命的一击,然后这只猛兽跳上自己的身体咬断动脉,接着咬下手臂、大腿、大块大块的肌肉,咬碎骨头,最后他在剧烈的疼痛中死去。"主啊,让我把我的灵魂交到您的手中。"

可是,什么都没有发生。几秒或者几个小时过后,还是什么都没有发生。慢慢地,马科斯害怕地睁开双眼。

美洲豹一动不动地蹲在那里盯着他看。

这是一只巨大的美洲豹,大概没有商店里那只老虎标本体型大,但是对马科斯而言非常巨大。它身上有多种颜色:偏红的黄色上有黑色的斑点。在最初的一瞬间,马科斯把它和其他动物混淆了,但是随后立刻确定这只大型猫科动物是美洲豹,这给他带来不了任何安慰,因为他面前趴着的是美洲最凶猛的野兽(根据小彼得和昆斯教授的描述)。马科斯不知道什么时候这只美洲豹就会把他整个吞噬,或许会留下残骸,比如血淋淋的骨头、一只脚、一片头皮。

但是现在这只猛兽还没有想要攻击他的意思,美洲豹继续一动不动地蹲着，甚至还有点害怕紧张。

"为什么？"马科斯不明白，他对猫科动物的习性知之甚少，即使是这方面的专家在这种情况下也无法理智思考。可能它现在不饿；或者在船沉没前刚刚被喂饱了（假如它的命运是葬身大海，为什么还要喂它）；也许它觉得在脆弱的小船上感到不安全；或者是害怕大海，毕竟这跟它以往生活的地方太不一样了；可能它对救它的马科斯怀有感恩；或许这是一只被驯化的美洲豹，对人类非常顺从、友好，不过也有可能它是一只非常狡猾的动物，假装安静，寻找最合适的时机来一口吞掉他。

马科斯努力让自己冷静下来。死亡已经不像刚才那么迫在眉睫，他有时间来想一点办法。或许他可以跳入水中，游向那个箱子？和美洲豹换个位子，但是这样的话自然就失去了小船上所有的求生装备，不过也可能会争取到一个逃脱的机会。他用眼角瞄了一下箱子，心里计算着距离，不是很远，也就二十米左右。但是他跳入水中的瞬间美洲豹会有什么反应？它肯定会一跃而起，但是能抓到马科斯吗，在船上、在空中？或者美洲豹也跳入水中来追捕他？马科斯和美洲豹谁游泳游得更快：是在中学时获得过游泳奖牌的马科斯（100米蛙泳，青少年组），还是公认为游泳健将的猫科动物？不过再多推测也都无济于事了，因为一阵强风过后，箱子开始倾斜进水，最后沉没。

马科斯感到自己的裤子湿了，因为害怕而尿裤子，这是以前从未发生过的，即使还是孩童时，在最害怕的时候也没有过。太屈辱了！马科斯不禁又流下几滴眼泪，美洲豹仍然紧紧地盯着他。

太阳渐渐落下，马科斯和美洲豹还是面对面、一动不动地僵持着。马科斯感到浑身不舒服，大腿因为长时间保持一个姿势而发疼，但是他又不敢做任何动作。他现在唯一能祈祷的就是一艘船经过把他救走，可是他不敢看四周，任何分神都有可能引起猛兽的攻击。其实出现一艘轮船也未必是好事，除非有枪可以远距离击毙美洲豹，就像汉斯·施密特击中孟加拉虎一样，否则一旦美洲豹感到危险，肯定会第一时间把他吞噬，所以轮船还是不要出现为好。

美洲豹这时发出一声吼叫。

其实这不算是吼叫，而是一种低沉沙哑的叫声，但是这也足以让马科斯吓得腿软，差点跌落水中。等他刚缓过神来，美洲豹又哼哧了一声并张开血盆大口，巨大的嘴巴和红色的咽喉让马科斯神经紧绷。美洲豹想要什么东西，毫无疑问，它要的就是——

食物，毋庸置疑。

肯定是食物。它已经数个小时没有进食，现在肯定饥肠辘辘。只有马科斯（还能有谁）能喂它。但是怎么喂？拿什么喂它？

美洲豹又是一声哼叫：马科斯得快点行动了。

他小心翼翼地摊开手，生怕自己的动作被这只猛兽误解，从牛皮纸袋里拿出饼干，扔到美洲豹面前的船板上。美洲豹只是用鼻子嗅了嗅饼干，就没有再碰了。"他不吃这个。"马科斯总结道，但是他已经浑身冒冷汗。当然了，肉食动物应该吃肉，而不是饼干。可是去哪里找肉，而且还是新鲜、流着血、符合野生美洲豹喜好的生肉？

马科斯的眼睛一直盯着美洲豹，手上抓过一根钓鱼线扔入海中，幸运的是鱼钩上已经挂好鱼饵，他暗自祈祷鱼儿快上钩。非常幸运，他钓上一条中等大小的鱼，美洲豹会怎么处理这条鱼？马科斯小心地把鱼扔到它面前。

猛兽嗅了嗅垂死挣扎的鱼，随后用一只爪子拍死了它，多么令人毛骨悚然，接着它用爪子把鱼撕碎，把流着血的鱼肉大块吞入肚内。马科斯曾短暂地期望美洲豹被鱼刺卡住，窒息而死，随后又想到美洲豹即使在死之前也能咬死自己，但这也是一种解脱。美洲豹好像喜欢吃鱼，但是这不能给马科斯带来什么希望，因为作为一个很普通的钓鱼者，他根本无法靠这个古老的职业从美洲豹的嘴下逃生。

突然，他看到船下面一大片迁徙的鱼群经过，马科斯立刻从海里捞鱼，这真是件神奇的事，像《圣经》里的奇迹一样。但是，美洲豹也以同样速度把捕上来的鱼吞下。

这时，马科斯也感到了饥饿。美洲豹吞食鱼肉的景象引起了他的食欲，这时他才注意到自己也一直没有进食。周围有饼干和其他的干粮，但是他真正想吃的是鱼，他自己钓上来的鱼。即使是生鱼，他也想吃，哪怕就吃一小块。

美洲豹现在已经填饱了肚子，在船尾还剩下三条小鱼。"我是不是可以吃这几条小鱼？"

慢慢地，马科斯伸出一只手。

美洲豹冷冷地盯着他。

马科斯的手指向前伸了一毫米，然后停下；再向前伸了几毫米，又停下。现在差一点就够到了。

这时，美洲豹突然把一只爪子压在小鱼上。马科斯吓得一屁股坐下，等缓过劲来后，他望向美洲豹，它正睁着大眼贪婪地看着地上的鱼。"对不起。"马科斯低声说，"对不起，我不是故意的。"

突然他反应过来，"我在做什么？我道歉？动物怎么可能明白我的道歉？还有，为什么我要道歉？是谁钓上这些鱼的？不，道什么歉，我有权利吃这些鱼。哪怕不能吃所有的，至少有一半归我。假如有两条鱼，其中一条就是我的，这是我的权利！"

马科斯啃着美洲豹不吃的硬饼干，无所畏惧地瞪着它，带着不满，甚至还有一丝愤怒。这个食肉动物太不公平了，为什么这么野蛮？

夜幕降临，这是一个没有月亮一片漆黑的夜晚。马科斯很难辨认出美洲豹的位置。它睡觉了？有可能，不管怎么样，它现在是吃饱了。假如它正在睡觉的话，是不是可以吃鱼或逃跑？算了，还是不要制造麻烦了，但是为了以后着想，得仔细观察它，并尽快了解这只美洲豹睡觉的习惯，这些知识以后肯定能派上用场。马科斯还没有睡意，于是在漫长的夜晚考虑以后会发生的种种。

接着，马科斯非常小心地拿起手电筒。

犹豫了几秒钟，最后顾不上那么多，他打开了手电筒。

一束光划破黑暗，还有美洲豹闪着光的眼睛。马科斯立刻关掉手电筒，并存放好。

他现在知道美洲豹没有睡觉。他不可能再期盼借着它睡觉的时候逃跑。即使逃跑，要怎么逃？逃往何方？

马科斯感到巨大的失落感和悲伤。他再一次想起了父母，还有柏林家中舒适的大床，他有种想要流泪的冲动，但是最后克制住了。他坐在船尾轻轻地哼唱儿时母亲经常唱的摇篮曲："睡吧／晚安／以玫瑰为被"。不，这里没有晚安，他也没有身盖玫瑰。不过，他还是渐渐地睡着了。

他突然从睡梦中惊醒，有一瞬间忘了自己身处何方；随后他记起了轮船失事和美洲豹。美洲豹死死地盯着他。"可恶的野兽。"他心里咒骂道，"残忍的野兽，叛徒，丑陋的野兽。"

不。不丑陋。这只美洲豹甚至长得有点美，雄壮的身影映衬着渐渐发白的天空。残忍？那是肯定的，美洲豹都是残忍的，也只有这样才能在自然界生存下来。

马科斯叹了一口气坐在船板上，挠着头看着大海。这是多么风和日丽的一天，非常适合坐着游艇出海。

美洲豹的一声哼叫把马科斯带回现实。他震惊了一下，但是不像昨天那么害怕：他现在已经知道要做什么了。他把鱼饵扔入大海，跟昨天一样，很快就钓上各种鱼。他沮丧地看着美洲豹在一旁狼吞虎咽，并意识到这将是他接下来的生活：为一只美洲豹钓鱼。他不禁自问早知如此，当初还去读什么大学！什么时候才能结束这种荒谬的主仆关系呢？

这时美洲豹突然停下，抬起头，双耳耸立，发出低低的哼哧声。马科斯惊恐地看着它。这头野兽好像察觉到了什么危险，但是在这一片广阔的海面上又能有什么危险呢？

他马上发现海面上出现一个三角形的鱼鳍，在一百米开外，绕着小船快速转圈。

鲨鱼！

肯定是鱼腥味引来了鲨鱼。假如这小船上有一只比它还要凶猛的野兽，鲨鱼会袭击这艘小船吗？马科斯祈祷鲨鱼不要进攻。轮船失事后，这只美洲豹的存在从某种意义上来说也是一种陪伴，它虽然是凶猛危险的动物，但是只要马科斯钓鱼成功，他们至少还能一起生存。可是，假如鲨鱼把这艘脆弱的小船打翻了的话，那就肯定要命丧鱼肚了。他现在唯一能做的就是祈祷上帝保佑他。他挪动到船尾，害怕地盯着船壁。

鲨鱼继续围着小船转圈，而且越游越近。马科斯和美洲豹时刻注视着鲨鱼。突然，鲨鱼向小船进攻，鱼尾迅速地向小船拍打过来，这个猛烈的撞击让马科斯惊恐得大声尖叫。接着，硕大的鱼头靠近船的边缘，美洲豹用爪子奋力扑打浮出水面的鲨鱼。鲨鱼又一次进攻，美洲豹马上给予还击。小船开始剧烈地摇晃，随时都可能翻船。马科斯不知所措，抱住美洲豹，想阻止它继续攻击。这时鲨鱼突然逃离了，水面上漂浮着一道血迹。不一会儿，海面又恢复了平静。

马科斯还抱着美洲豹,他感到豹脸上扎人的胡子,还有它粗粗的喘息。"我在做什么?"他害怕地低声问自己,"我正在做什么?"

他慢慢地放开美洲豹,回到自己的船板上。美洲豹看了他一眼,然后平静地继续刚被打断的美餐。马科斯闭上了眼睛。

(马科斯的脑中突然浮现出一段回忆。父亲、母亲和他坐在餐桌旁,当时他只有四岁。用人端上一盘肉。父亲切下一大块,大声咀嚼。突然,他停下来,"怎么了,汉斯?"母亲问道。父亲没有回答,因为愤怒而满脸通红。"发生什么了?"母亲惊恐地问。他一脚踹翻桌子,吓得小马科斯大叫。

"我说过多少次,"父亲怒吼道,"肉里不要放孜然!我不要吃孜然,听到没?"

母亲企图安抚父亲,但是他一把推倒母亲,母亲重重地摔倒在地。马科斯跑向父亲,用小胳膊的所有力气掐住他的脖子,"你想杀了我?"父亲惊讶地问道,然后哈哈大笑。连倒在地上的母亲和旁边的用人也开始笑,所有人都在笑,只有马科斯在哭。"你为什么要哭呀?"用人问道。马科斯没有回答她,即使他回答,用人也不会听到的,于是他在一片笑声中跌坐在椅子上。

那只是一场梦,那美洲豹是不是也只是一场噩梦?美洲豹和沉船?美洲豹、沉船和逃离德国?这都是青年马科斯的一场噩梦,或者只是小马科斯的一段非同寻常而又冗长的噩梦,最后会在某一天突然醒来?)

稀薄的雾气开始包围他们,美洲豹的轮廓若隐若现,或者这真的只是梦境里的一个角色吧。

美洲豹这时哼叫了一声,打断了马科斯的思绪。噩梦?可能吧。但是现在面对的是一只饥饿贪婪的动物。马科斯叹了一口气开始钓鱼。

"好吧,有可能这不是一场梦。"马科斯第二天对自己说,但是这只美洲豹好像是机械生活的受害者。引起马科斯注意的是美洲豹的生活规律:哼叫,获得鱼肉;再哼叫,再获得鱼肉。但是当鲨鱼袭击的时候,这只豹子又有不寻常的行为——用爪子撕扯对手,好像它是一个被遥控的傀儡一样。

难道真的是一个傀儡?一个美洲豹机器人?这个想法并不荒谬。马科斯在纽伦堡看过能够逼真模仿动物的机器人。也可能是一只被远程遥控的美洲豹,这样可以更好地解释它和鲨鱼的搏斗,还有从木箱中跳上这艘小船。但是从哪里遥控这个机器人呢?有可能从海底。现在可能有个人通过一架马科斯看不到的潜望镜正在偷偷地监视他,来记录他面对假美洲豹的反应。但是谁在监视?为什么要进行这么残忍的测试,难道是纳粹分子?为什么,为了把他逼疯?杀死他?应该不是,假如真要杀死他,早就动手了。也有可能这所有的一切是一个实验,像昆斯教授在他实验室进行的项目一样。肯定是的:一个有文化而又敏感的少年被放入逆境当中：故事被策划成他必须逃离祖国，然后发生沉船事故，不得不与他一直以为很凶猛的美洲豹在一艘小船上共存，这个少年会怎么应对这些呢？这就是实验的目的，毋庸置疑，这个题目非常有趣（假如马科斯不是当事人的话，他也会着迷于这个实验）。也许在这个假美洲豹漂亮的皮毛下面是一堆记录观察设备，它的眼睛是录像镜头，耳朵是话筒。

因为科学目的被当作试验品，这个想法让马科斯怒火中烧。他对着美洲豹——不管它耳朵是不是话筒——大声吼叫：

"你可以把我折磨致死，教授！我看不到生命的意义！"

猛兽惊慌地看着他，这让马科斯确信：不，这不是一个机器人。但是可能是一只被驯服的美洲豹，故意给他制造复杂的环境，又可以在危险时刻为他战斗；这只动物就是来虐待他的，而不是杀他；让他情绪失控，来刺激他的精神底线。这也有可能是昆斯教授进行的一个实验。或者根据这条航线的目的地，有可能是巴西政府为了测验来自不同国家移民进行的冷血测试。

黄昏降临。"今天又做了什么有意义的事？"这是马科斯小时候在放学后都需要回答的问题。"今天帮助了谁，打扫、清洗、修理了什么东西？亲吻了大人的哪只手？对哪个邻居微笑和打招呼了？扶哪位老奶奶过马路了？抚摸了哪只可爱的小猫咪？"

不，这只美洲豹不像是一只被驯服的猛兽。它在海面夕阳的倒映下，甚至都不像一只猛兽，它更像一只体型巨大的猫，一只被遗弃的忧伤的猫。马科斯开始有点同情它。"或许我可以驯服它。"马科斯想，"为什么不能？"这只猛兽到现在都没有把他吞食，这就是它顺从的最好证据，经过陆地和海上的遭遇（虽然都是悲惨的），它或许想臣服于至高无上的人类和上帝。尤其是在小船上的这段时间，他们难道不是找到了共同点？而且，食物和皮鞭是让动物驯服的最好手段。从这几天马科斯钓上来的鱼看，这只美洲豹是可以被驯化的。"顺从的动物，"马科斯念道，"你有很多用途。首先可以用你的爪子当作船桨，用你的直觉作为指南针，带我们尽快到达巴西，我都不知道这个国家具体位于何方。"

等到了巴西，有美洲豹相伴简直就是权力的象征：哪个当地人会抵抗一个带着美洲豹的男人？安定下来后，就可以在林地里开展贸易、种植橡胶树、开采钻石和矿产等等。

天黑得很快，要抓紧时间开始驯化的工作。于是马科斯一边观察美洲豹，一边迈出一只脚，解下皮带，在船板上狠狠一抽。

"给我注意了！大猫，给我听好了！"

美洲豹张开血盆大口，露出锋利的牙齿，并发出低沉的吼声。

马科斯再一次发抖，根本无法控制，"造物的大帝啊，陆地和海里的神啊！"小船开始摇晃，不是向一边倾斜，而是摇晃。马科斯需要坐下，"冷静，"他睁着大眼低语道，"冷静，会没事的。"

他拿起鱼饵，太阳还未完全沉入水中，还来得及再钓一些鱼。

那天晚上，马科斯又钓到一些鱼，可是第二天，陪伴他的好运就彻底没有了。他什么都没有钓到，连一条沙丁鱼的影子都没有。美洲豹显得越来越不耐烦。马科斯打开几个救生罐头，让他吃惊的是美洲豹竟然接受了小香肠甚至饼干。但是它如此的饥饿，马科斯坐立不安：按照现在的节奏，这些备用的食物都会被吃光，到时候怎么办呢？

两天后，所有的食物都吃完了，马科斯也没有钓上任何东西。他因为饥饿感到晕眩，他虚弱地看着美洲豹。

"结束了，混蛋。我们现在什么吃的都没有了。"

马科斯是什么都没有了。但是美洲豹还有……

马科斯已经没有力气来思考，更别说反抗。假如美洲豹要吞食他，马科斯只祈祷它能一口咬断他的脖子。他现在已经什么都不在意了。于是他躺在船尾，不再向上帝求助，陷入沉睡，这是最近几周来他睡的最深的一次。

他又梦到儿时的自己，在柏林的家中，躺在父母的大床上，静静地等待母亲购物回家。他知道母亲会给他带礼物，确实，母亲给他带回来一只皮毛顺滑的大猫。他捏了猫一下，它立刻逃走，但是发出的不是喵喵的叫声，而是一种奇怪的尖叫声。马科斯笑了，虽然带着点失望：一只猫会尖叫,这是什么情况?这时他母亲开始尖叫,不停地尖叫,这让马科斯越来越紧张,最后一下子惊醒。

但是醒来后,尖叫声还在耳边继续。马科斯艰难地坐起来,没有注意美洲豹,就好像它不存在一样,他环顾四周,阳光让他有点眼花。

一只海鸥围着船飞翔,伴着阵阵尖叫。

海鸥——那就意味着附近有陆地!海岸肯定就在不远处了。假如这只海鸥是从陆地飞来,它肯定还要飞回去。和其他的渔船不同,这艘船上什么吃的都没有,假如海鸥要飞回海岸的话,马科斯需要做的就是紧紧跟着它。他用最后一点力气,奋力地划桨。

"飞吧,多么美丽的海鸥!"马科斯疯狂地喊叫着,"飞回你的国家吧,海鸥!我们一起去巴西!"

但是海鸥却不着急飞回去,继续围着小船,饶有兴趣地一边飞行一边尖叫。最后降落在甲板上,紧贴美洲豹。

美洲豹看着海鸥,马科斯预感到即将发生什么,但是还没来得及喊出"快跑,海鸥,赶快飞走",美洲豹已经一把将它按住。好了,不再有快乐的海鸥了,只有血淋淋的被肢解的一团肉。"我的上帝啊!"马科斯痛苦地哀叹。这已经快到了他忍耐的极限。他再也无法忍受美洲豹了,必须尽快解决它,哪怕付出生命的代价。

他迈出腿,发抖的手紧紧地握住一只船桨。"一分钟都忍不了了!"这时,美洲豹抬起头.

"去死吧,恶魔!"

正当他朝美洲豹狠狠砸去的时候,美洲豹也给了马科斯重重的一击。他们在空中相撞,马科斯眼前一黑,失去了知觉。

马科斯慢慢地睁开眼睛。眼前有很多不认识的脸孔,有的像印第安人,有的是黑人,还有一些白人。他们好奇地看着马科斯,说着一种他没有听过的语言,不过他猜测应该是葡萄牙语。他们是巴西人,白人、黑人、印第安人还有混血儿,他们都是巴西人!马科斯被救了,他现在在一艘巴西轮船上!

马科斯试着坐起来,但是被周围的人制止了。一个金发的水手上前,用德语跟他说:

"你好点了吗?"

马科斯点了点头。"我在哪里?"他问道。"在船上,我们现在在巴西的外海。"水手接着笑着补充道,"你刚刚从鬼门关回来,我的朋友。"他告诉马科斯是如何遇到他的:他当时正一半淹没在水中,虚弱地抓着打翻的小船。马科斯坐起来,睁大眼睛问:

"美洲豹呢?美洲豹在哪里?"

他们打断他的问话,让他再次躺下。水手对旁边的人说了些什么。马科斯猜他在说:"他开始说胡话了,说一些奇怪的东西,大概是因为日晒和缺水造成的。"他们给马科斯拿来水,他大口大口地喝,然后被呛住开始咳嗽。"再来些?"他们用葡语问,然后马科斯也重复他们的话:"再来些,再来些。"他为自己说的第一句葡语感到兴奋,为喝着巴西的水感到快乐，也为被一群巴西人包围着感到激动。至于美洲豹，早已被抛到九霄云外了。

接下来的几天过得非常愉快。他首先去轮船上的小医护室，接着就在甲板上躺在椅子上晒太阳，马科斯唯一需要做的就是休息和吃饭，根据船长的指示，其他船员要加倍小心，防止沉船事故。当他们抵达目的地阿雷格雷港市的时候，马科斯的身体已经完全恢复了。"在这里，你可以开始新生活了。"船上一个胖胖的来自巴伊亚州的厨师对他说。

"新的生活，谈何容易。"马科斯感叹道，在着陆前先打量了一下城市。他也事先为新生活做了一点准备，马科斯把自己的腕表和其他小东西卖给了船长，获得了最初几个星期的生活费（他身上还有母亲给他的一些首饰，他一直把这些首饰放在一个小袋子里，系在脖子上）。另外船长也给他介绍了一家德国妇女开的旅店，在那里他可以适应新生活，甚至学习葡萄牙语。接下去的生活，就听天由命了。

马科斯很喜欢阿雷格雷港，因为让他想到了欧洲小镇，尤其是他住的那个街区，到处都是色彩斑斓的美丽小店。虽然后来他在街上看到乞丐和流浪汉，但是这没有影响他对整个城市的好感。他尤其喜欢眺望窗外的风景，因为旅店位于高地，他可以看到整个街区的屋顶，甚至还能透过打开的窗户看到邻居在做什么。但是他不想偷窥别人，也不想参与任何麻烦事。所以他只是静静地看着屋顶，还有阳光下慵懒的猫咪。他会着迷于观察院内嬉闹的孩子们，这大概跟他的童年经历有关。

在最初的日子里，他几乎没有离开过房间，这个房间非常舒适、宽敞、干净，还有充足的日晒。他又开始写日记，从美洲豹那段开始，但是他越来越难记起其中的细节，他忍不住问自己，难道整个美洲豹事件是一个幻觉？

渐渐地，他开始走出自己的房间，起先是在邻里间散步，随后开始试着认识整个城市。他发现当地人经常光顾的有轨列车站、十五广场别墅、大市场、中央美术馆等不少有趣的地方。他搭乘有轨列车坐到终点站，然后在郊区漫步。马科斯希望尽快学会葡萄牙语，为此他向旅店老板的女儿学习葡语，女孩名叫伊丽莎白，金发碧眼、腼腆并热爱幻想。她的存在让马科斯感到一阵躁动，尤其是他感到伊丽莎白对他也有点害羞的时候。当他们的膝盖在桌底下碰到时，二人都不禁红了脸，用微笑来掩饰彼此的尴尬。不一会儿，二人又笑了，这是一种略带紧张的微笑，随后陷入短暂的沉默，接着是低声的叹气，最后又回归到若瑟·阿联卡尔的文章。"难道她喜欢我？"马科斯问自己，"我们之间可能发生什么吗？"

这个问题没有答案。事实上，痛苦的过去让马科斯无法思考其他任何事情。他无数次因思念父母而泪流满面。他想写信告诉他们，尽管他逃跑了，但是一切都很顺利，他现在居住在一个拥有热情友好人民的国家，这让他感到幸福，或者说几乎很幸福。但是他不敢寄信，因为可能会对父母的生活造成麻烦。通过报纸，马科斯了解到纳粹势力越来越猖獗，无论对真实存在的还是假想出来的敌人都极为残忍。他也没有把他的故事告诉旅店的老板娘和她的女儿，因为不知道她们会怎么想，他想避免不必要的麻烦。除此之外，他还有另外的问题需要面对：尽管他生活得非常节俭，但是卖手表换来的钱已经快用完了。他找不到工作，因为不会说当地的语言，而且也确实什么都不会。后来他在一家花店找到搬运花的工作，这是比较轻松的活，但是老板希望找一个手脚更加麻利更有经验的人，所以还是辞退了他。于是，他不得已开始考虑变卖母亲给他的珠宝。这么多天来，他都把这些珠宝放在一个小袋子里系在脖子上。他内心斗争了许久，最终做出这个痛心的决定，其实他始终希望有一天在团聚的喜悦和泪水中把珠宝归还给母亲。可是，他已经拖欠了旅店的房租，葡语课的费用也还没有交，情况越来越困难。马科斯在《人民邮报》上看到一则购买珠宝、黄金和古董的小广告，于是他照着地址找过去。店铺位于"祖国志愿者"广场附近，马科斯看到这样的地名差点想放弃变卖珠宝，立刻回家。但是，他需要一次性解决钱的问题，他只得鼓足勇气，轻轻地敲门。一个穿着黑色大衣的鬈发老头打开门，怀疑地看了一眼马科斯，让他进屋。老头带他进入一个昏暗的房间，墙壁潮湿，布满霉斑，上面还挂着白色大胡子老人和戴尖帽子的妇女画像。"他是犹太人。"马科斯对自己说。

  这个商人戴着单个镜片，仔细地观察这些珠宝，他给出的价格比马科斯在珠宝店了解到的低很多，甚至比那些品质更低劣的珠宝还便宜。他感到血液涌上头。他强忍住愤怒，故意夸张地说道：

"我就应该知道，我不能从一个犹太人那里期待得到任何东西。"

马科斯用颤抖的手收起珠宝，老头一言不发地观察他，然后起身带他到门口。

"等一下，马科斯先生，"老头用德语说，"交易还没有结束，先请坐。"

马科斯迟疑了一下，还是勉强坐下。

犹太人继续说："刚才那个交易在这个国家很常见。我提出的价格有点低，对吗？"

马科斯有点摸不清老头要说什么。

"很低，是吗？"老犹太人又问了一遍。

"是。"马科斯不耐烦地回复道。

"你应该说很低。"

马科斯疑惑地看着他。

"跟我说！"老头命令道。

"很低。"马科斯说。

"这些珠宝非常值钱。"

"这些珠宝非常值钱。"

"我要更多钱。"

"我要更多钱，"马科斯向前迈出一步，"听着，你是想……"

"我什么都没有想。"老商人干巴巴地说,"我听到你说刚才的价格很低,这些珠宝非常值钱,想要更多的钱。好,我现在给你双倍的价格。"

马科斯目瞪口呆地看着他。

"那三倍,怎么样,三倍?"

这个价格远超马科斯的预期,他瞪大眼睛,不知道说什么好。

"现在满意了吧?"商人问道,因为马科斯没有回答,他又重复了一遍,"你满意了吧?"

"满意了。"马科斯喃喃自语。

"请说得响一点。"

"是!"马科斯叫道,"我满意了。"

商人低头数了数钱。

"确认一下。"

"不需要。"

"确认一下,人不应该信任任何人,你应该知道这个道理的。"

马科斯清点了一下钞票,然后塞进口袋。

"关于这场交易,"老头问他,"没有任何抱怨了?"

"没有。"马科斯略显不安地回答。

"那你介意……"老头布满皱纹的脸上露出一丝苍白的微笑,"我转卖这些珠宝来赚钱吗?"

"不介意。"马科斯说。

"百分之一百不介意?百分之两百?"

"不介意。"

"好，"老商人站起来说，"那马科斯先生请回吧，保管好你的钱。"

马科斯离开了商店，仍然有点儿不知所措。走在路上时，他突然感到一阵愤怒，他想立刻回到店里把刚才拿到的钱甩在那个老商人的脸上。但是已经够羞辱的了。另外，口袋里鼓鼓的钞票让他开始有种愉快的感觉：现在有钱了！这笔钱足够他做中等规模的生意，如果想高雅点，可以开一个书店或者艺术画廊；或者购买一套房子，靠收租来生活，然后把所有的时间都投入到学习和研究中。也可以投资股票和债券，让自己越来越富裕。最后，就像依托热先生说的那样，在巴西迅速致富。为了庆祝美好的未来，马科斯决定邀请旅店老板娘和她女儿一同吃晚饭。这是一个愉快的夜晚，他们选择了一家热情好客的小饭馆，有笑容可掬的钢琴师伴奏。还有可口的食物、美味的红酒，他们数次为光明的未来举杯。马科斯和老板娘女儿互相暗送秋波，并说准备带她们一起回德国，这时向来保守的旅馆老板娘也不禁在钢琴的伴奏下唱起来。

那天晚上，马科斯做了一个梦。

他在柏林，在小时候母亲经常带他去的剧院里，他是唯一的观众，正在不耐烦地等待演出开始。

幕布拉开后，一个滑稽的侏儒开始报幕："接下来的是瓦格纳的《帕西法尔》。"随后，穿着大长袍、画着可笑妆容的父亲上台了。他张开双臂，好像要高歌，但却发出猫叫声。"太丢脸了。"马科斯边想边开始哭泣。他希望父亲赶快停止演出，但是父亲没有，并且不停地发出喵喵声，直到马科斯从梦中醒来。

猫叫声还在继续。就像当时在小船上的那只海鸥，那只海鸥真的存在过吗？他看了一眼钟表，半夜十二点二十分。他起床走到窗边。

他看不到猫，但是他知道猫就在某个角落叫着，有可能就在邻居的院子里。"走开！"他低声吼道，这让他觉得不好意思，甚至有点可笑。"走开！"

猫继续叫。马科斯用德语命令它停止。最后他恼羞成怒，拿起离他最近的东西，他的一只鞋子，朝邻居的院子里扔去。叫声停止了，但是在短暂的几秒后又叫起来了。

马科斯回到床上，把头埋到枕头下，但这不起任何作用，叫声穿过枕头直抵耳膜，甚至还有种在洞穴中的回音效果。他把耳朵堵住，甚至胡乱哼唱也无济于事，他还能听到这可恶的猫叫，好像一个被遗弃的孩子在哭喊。马科斯一夜未眠，直到天亮。

第二天他烦躁地起床，伴随阵阵头痛，而且还没有鞋子穿。他走到窗前，看到自己的鞋子漂在邻居院子里的水池中。他不可能去取这只鞋子，于是出门买一双新的。"你怎么了，马科斯先生？"看到他穿着拖鞋，旅店老板娘问道。"我的鞋子把我的脚磨破了，"他说，"我去买双新的。"在老板娘问出一连串其他问题前，他赶快离开了旅店。

当天晚上，又有猫叫声，于是在第三天晚上，马科斯提前进行准备：他从邻居小男孩手里买了弹弓，找了各种大小的鹅卵石，现在要做的就是找到猫所在的位置，即使冒着从屋顶上摔下来的风险。他不耐烦地等待猫叫。他听到第一声叫唤，立刻从床上跳起打开窗户。但是他从邻居敞开的窗户看到的画面让他立刻忘了猫和尖叫声。

一个男人在照镜子。

就是一个男人在照镜子。但是马科斯太熟悉他穿的衣服：棕色的衬衫、黑色的领带和高筒靴子，在他佩戴的袖章上马科斯看到了纳粹党的党徽。这个男人一个人在房间里，他肯定没有想到凌晨两点有人在远处观察他。他开始排练：举起右手，做了一个手势，好像正在对一大群人演讲，最后微笑着走向镜子。经过几次排练后，他也感到了疲惫，打着哈欠脱下衣服，小心翼翼地把衣服放入衣柜，换上睡衣，关了灯。马科斯就什么也看不到了。

马科斯关了窗户，在床边坐下。猫叫声已经停止了，但是看到刚才的画面后，他早已睡意全无。

一个纳粹分子在阿雷格雷港，这个纳粹分子还是自己的邻居。一个……难道只有他看到的这一个？在小区和这个城市里还有多少纳粹？巴西这个原本是天堂般的国家，现在也让他开始感到恐惧。

他努力地克制自己，"冷静，马科斯。没有纳粹在监视你。是你在监视一个纳粹。"他对自己说。他真的是个纳粹吗？他看到的是一个男人穿着纳粹的衣服做着怪诞的手势，但是这并不代表他就是一个真正的纳粹。或者他有换装的爱好，利用寂静的夜晚来满足一下自己的想象。

他前去观察邻居的房子。他无数次见过这个男人，但是从没见他穿制服。他是一个慈祥的父亲，总是给孩子讲故事，他有四个孩子，最大的十岁；他是一个文雅的丈夫，时常送妻子鲜花；他是一个孝顺的儿子，带父母来自己家中吃晚餐，打开红酒为长辈的健康干杯；他还是一个愉快的朋友，经常邀请朋友来院子里烤肉。有的时候他在花园里劳作，和狗玩耍，有的时候（往往是周日）会在两棵树中间的吊床上休息。他中等身材，外表普通——总而言之，他和其他的邻居没有什么不同。马科斯甚至开始怀疑他那晚看到的，他再一次问自己看到的是不是幻觉，或者仅仅是像儿童时代的一个梦。他决定忘掉这件事，于是晚上再也不去窗边（即使那只猫晚上继续尖叫）。他选择吃安眠药让自己入睡。

几周后，马科斯几乎忘掉了这个插曲，周围也显得平静安稳。但是一切又一次改变。

有一天，马科斯要去市中心和一个股票中介碰面，他是旅店老板娘的亲戚，据老板娘推荐，他是一个诚实有能力的人。马科斯想尽快了解股票市场，他渴望马上开展投资项目，而不是把钱放在家中贬值。

走在海滩路上的时候，他看到一小群人聚集在海关广场附近。于是他走过去想看看发生了什么。

那是游行队伍，大部分都是青年，所有人都穿着那晚邻居穿的制服，并高举一只手臂致意，每个人都佩戴着徽章,马科斯现在看清楚了,那不完全是纳粹万字符,但是很容易让人联想到。

马科斯赶快离开人群,他感到头晕恶心,于是就走进一家酒吧坐下。老板勤快地走过来:"需要点什么吗?"马科斯要了一杯水。老板端来水,看着屋外说:"这些人也让我感到恶心,但是我们为了他们感到心烦,这太不值得了。"马科斯请老板帮他叫了一辆出租车,然后就回旅店锁上门躺在床上。

马科斯需要思考,整理思路,但是他做不到。游行队伍、青年们傲慢的眼神和高举的手臂、佩戴的徽章和密集的鼓点,这些都让他感到不安。马科斯当时还不知道什么是整体主义派①和普利尼奥·赛尔加杜②,对他来说这是个类似纳粹游行的活动,只是稍微不同。他感到强烈的不安,像离开德国时和在小船上的日子,像漂泊在大海上,面对美洲豹。这个对他来说充满阳光的美好城市,隐藏着汹涌的危机。他甚至对自己的房间产生怀疑。谁能保证老板娘不是希特勒的追随者?她的女儿不是间谍?她们温柔友善的外表下说不定就藏着颗冷血无情的心,在若泽·阿伦卡尔的书籍下面说不定就藏着录音话筒。

不,不能继续在阿雷格雷港生活了。但是可以去哪儿?没有身份文件,他不能出国。他需要找一个更小更偏远、冲突无法到达的地方。但是哪里呢?他看向自己钉在

---

① 巴西 1932-1937 年间的一股极右的亲法西斯政治势力。
② 曾成立和领导巴西整体主义运动。

墙上用来熟悉地名的南大河州地图，应该去哪里？又能适应什么地方？去南方边境的话肯定不行，那里都是大片大片的牧场和彪悍的牧民，可是马科斯连马都不会骑。南大河州的北边或者东北部好像更合适。他可以在那里买一小块地，融入当地众多的移民中。他一边谋划着，一边把自己不多的行李塞入包中，然后穿上衣服下楼。旅店老板娘惊讶地看着他：

"你要走了，马科斯先生？为什么，这么突然？"

"有要紧的事。"他回答道，声音显得有些僵硬。老板娘没有再多说什么，同他结算了房钱。

跟伊丽莎白告别就更加困难一些，她也没有多说什么，只是眼泪止不住地往下流。马科斯试图安抚她，告诉她这不是永久的分离，他又不是去另外一个星球，很快他又会回来看她们的。

当天，马科斯买了一辆A型福特车上路了。路况非常不好，而他以前只偶尔开过父亲破旧的老车，所以他一路开开停停，前进得很慢。不过这样更好，他有更多时间认识这片地区，尤其是有时间思考。除了路上扬起的尘土，天空一直晴朗，旅途也宜人。伐木工人在他经过时朝他招手致意，他也愉快地向他们回以问候。远离了城市和压抑的游行后，他的心情也渐渐明朗起来。他一个人在车里，至少没有任何猛兽，特别是没有美洲豹在身旁。

他现在来到了山里，市中心已经被远远地甩在身后，周围都是深山老林。虽然不是昆斯教授口中的热带雨林，但也是茂密的树林。这里居住着奇异的鸟类和各种猴子，还有巴西的猫科动物，想到这里他不禁打了一个冷颤。马科斯知道南大河州没有什么猛兽，可是他的想象力让他觉得森林里隐藏着奇怪的猫科动物。但是他还是决定朝着未知的方向前进。

山里的雪豹

几天内，马科斯跑遍了整个山林。他说服自己：这里肯定能找到自己的藏身之地。在南卡西亚斯市，他和一位中介交涉购买地产。但是中介很像依托热先生，这让马科斯满怀疑虑：这不是把钱交到一个奸商的手里吗？但是随后他就打消了自己的疑虑，因为交易和要签署的文件都符合规定，不合规定的反而是他，因为他还是一个非法移民。中介非常善解人意，以合理的价格帮马科斯拿到了入籍的文件。于是马科斯·施密特变成了巴西人，还拥有一小片巴西土地。

他的农场是一片美丽的土地，按照当地的标准不是很大，有两百二十亩，可是土壤肥沃，水资源丰足，还有两处小山坡。农场里有一个由木板搭起的房子，和周围的邻居们一样，房子比较简朴，却很舒适，甚至还有发电机来发电。周围景色壮观，因为农场位于高地，所以可以俯瞰整个地区。更高的那片是绿丘，那是完全被植被覆盖的山丘，他的农场一直延伸到那山脚。

当马科斯安顿好后，他感到无比的骄傲，但是也有些许的难过，可不再是当初离开德国时的痛彻心扉，现在的情绪是一种淡淡的忧愁。其他同龄人现在都在思考毕业后该何去何从，而他已经是一个有所历练的男人。他的脸上有着超过他年纪的沧桑，皱纹和嘴角浅浅的苦笑都暗示着他经历的磨难，但是他现在已经完全不在乎这些了。他现在想要的就是重新开始生活，虽然他完全不知道从何开始，可是这对他来说也并不重要，随着日子的流逝，他自然会发现该如何生活。尽管他有一些自然科学知识，但是他现在就像是一个普通的当地农民。在一个不怎么说话的用人帮助下，他像邻居一样开始在周边种植葡萄藤，开辟菜园种上玉米，接着开始养猪、鸡、兔子和几只羊，但是这些都没有给他带来数量惊人的收获，他也认为自己没有当农民的天分。在他的土地上没有长出巨大的南瓜，菜园里的黄瓜也从来没有重达三点七公斤。但是他可以靠这片土地为生，甚至有的时候还有可观的盈余。这对他来说已经足够了。在经过了所有这些，假如他还有什么渴望和追求，那就是感受最简单的生活，比如看着种子破土而出，苗壮成长。他的生活很平静，每天早早地醒来，和用人一起冲泡马黛茶，然后两人去田地里干活。起初他有点难以适应繁重的劳动，但是随着时间的流逝，他也像这片土地上的其他移民一样坚强。和他们一样，马科斯可以通过天空预测接下来的天气，从空气中就能闻到下雨的前兆。

晚上，在吃完自己准备的晚餐后，他会换上整洁的衣服，系上领带，聆听在阿雷格雷港时大家推荐的唱片，安静的山谷中回荡着贝多芬的交响乐。在阿雷格雷港，他也获得了一些葡语和德语的书籍，他家中的藏书在移民圈内也小有名气，大家都称马科斯为"老师"。他热情地对待其他人，同时又保持一定距离。起初，马科斯认为他接下来的日子都将会在这片小小的生活圈子里度过，但是后来他强烈地渴望和有文化的人一起探讨文学和科学。有的时候他会去南卡西亚斯市参加讲座或是音乐会。在那里，他认识了一名退休的医生，他是奥地利后裔，和妻子居住在卡内拉市。他们邀请马科斯去家中做客，马科斯在一阵犹豫后接受了邀请，后来他便经常去拜访这位医生。

何道夫医生是一位非常有教养的人，曾在乌拉圭高地工作多年，从门诊、手术到分娩无所不通。但是他最想成为的是精神病学家，所以他深入研究弗洛伊德的理论，而弗洛伊德正是他父亲在维也纳时的同学。他对昆斯教授的研究也备感兴趣，还向马科斯讲述了他同印第安人的经历。他把印第安部落聚集起来给他们讲故事，故事里有三个主人公，一个叫自我，他是青年手工艺人，会制作精美绝伦的玩偶；另一个叫本我，既猥琐又胆小的矮人；还有一个叫超我，权威霸道的管制者。在一天忙碌的工作后，自我躺在床上却无法入眠；本我进来了，绕着帆布床带着下流的表情开始跳舞。自我于是起来跟随本我的步伐。突然他走进一个门，其实那是摩根勒菲①地下宫殿的入口。在点满火把的宫殿大厅中，在自我眼前出现了许多金发裸体女郎，她们张开双臂，但是当他准备投入她们怀抱时，出现了穿着燕尾服系着领带的超我。超我用带着银质球饰的手

---

① 她是亚瑟王传奇中强大的女巫。

杖发出信号,所有的美女都消失不见了。接着超我开始折磨可怜的自我,并重复说:"不能犯罪,不能造孽。"故事的结尾故意安排得比较乐观,自我终于摆脱了折磨,然后和摩根勒菲结婚。

印第安人被这个故事深深地吸引了,他们对这个故事的热爱甚至超过了《圣经》。其中一个是充满想象力的雕刻家,他把本我、自我和超我的形象刻在木头上,这样可以加强故事的治愈作用,因为这些木刻可以让人从无穷悲伤中解脱出来。

马科斯饶有兴趣地听着这些故事。他认为自己在某种程度上也是一种自我,他在夜深人静的晚上也会无法入眠,渴望性爱。有的时候,南卡西亚斯市的一位夜总会舞者玛格丽特会来拜访他。她金发碧眼,总是带着笑容,这让马科斯想到了弗里达。于是他觉得自己缺少一个女人,尤其痛苦的是想到曾经拥有的女人。

于是,马科斯病倒了。

他病得非常严重,连何道夫医生对他的高烧也束手无策。他不得不住院,做了一系列检查,也没有找到病因,他的病情一天天地恶化。马科斯开始神志不清地说胡话,讲到了自己的父亲、哈拉尔和美洲豹。医生们也放弃了救治,可是,马科斯的身体开始好转,高烧渐退,虽然仍然很虚弱,但是也恢复了一些精力。他虚弱得还无法行走,但是他迫切地希望回到自己的家中。布格尔,马科斯那个安静的用人建议找一个人来帮忙煮饭和做家务,于是他带来了自己的侄女。

马科斯刚看到这个名叫嘉熙的姑娘时，并没有过多留意。但是随着身体的逐渐恢复，他对嘉熙的兴趣也渐渐增加。

她正值十八岁，典型的印第安人，算是非常美丽的印第安人。马科斯很喜欢她，喜欢她在准备食物时的小小慌乱和轻轻吟唱民歌。马科斯在厨房第一次亲吻了她，第二天晚上，嘉熙顺理成章地睡在他身旁，之后就不再回她自己的家了。

起初马科斯有点害怕，他害怕嘉熙的家人冲进家来夺回她，但是这一幕没有发生，因为嘉熙没有父母。作为她最亲的家人，布格尔对她跟马科斯在一起没有不以为然，甚至还挺满意，因为嘉熙过得比以往快乐。而他自己也因此获得了一些好处，比如可以少干一些活，偶尔还能从仓库里拿一瓶红酒。

马科斯爱上了这个姑娘。

这不是电影中出现的一见钟情，首先，马科斯已经饱经风霜，阅历丰富；另外他还是想有朝一日回到德国，他不能和一个不可能跟他回德国的女人结婚。可是随着时间流逝，感情渐渐萌发，一些瞬间让马科斯感到心动：她在雨天漫不经心地看着窗外；她一边低唱一边整理花瓶里的花；她因为马科斯而默默地流泪。起初，马科斯对她是怜惜和温柔，渐渐地就转变成了爱情。他可以肯定这是爱，因为他的生活已经不能没有嘉熙了。他不再想念德国了，只是偶尔会想起。嘉熙现在对他来说才是生活，他们每天都在一起，从田地到山坡，在雾蒙蒙的细雨中一起欣赏绿丘，或者在家中依偎在火炉旁准备食材。他们的欢笑多于言语，嘉熙总是觉得马科斯的口音很好笑，但同时她又对自己浅白的言语感到害羞。对她来说，马科斯是一个学识渊博、知晓一切的人，德国，包括纳粹她都毫无概念，很难理解。但是她喜欢美洲豹的故事，尤其是听到马科斯和美洲豹在小船上对抗僵持的时候，她听得津津有味，她不认为这是马科斯的幻想或者胡言乱语，因为她以前也听过类似的故事。一个渔夫划着自己的木舟，突然遇到了一条巨大的蟒蛇，他害怕得一动也不动，目光也无法从蟒蛇上挪开，小船随着水流漂了数十公里，直到搁浅，蟒蛇最终消失在岸边的丛林里。

他们陷入了爱河。嘉熙有点笨拙，所以起初的相处并不太愉快，但是随着相互磨合，两人的感情也越来越好。

当嘉熙发现自己怀孕的时候，马科斯毫不犹豫地去公证处，并定下结婚的日子。他不准备举行结婚派对，而且父母都在远方，举行也没有意义。但是他希望婚礼能有特殊的意义，所以他邀请何道夫医生和他的妻子作为见证人，令他惊讶的是何道夫爽快地答应了。但是几天后，马科斯去他家准备讨论一些仪式的细节时，何道夫显得有些吞吞吐吐。"我不知道当天我是否能出席婚礼，因为我妻子最近身体不太好。"他说道。

"但是我刚刚跟她说了。"马科斯惊讶地回答。

何道夫医生犹豫地说："马科斯，坦白地说，我妻子不想我去参加你的婚礼。而且她也不想你再出现在我家。我希望你能理解，人都是有一些偏见的。"

马科斯听得一头雾水。"我做错了什么？"他迷惑地问道，但是得到的回复是："不是你的问题，是嘉熙，因为她那深色的皮肤。"

马科斯看着何道夫，他低着头，用手指紧张地敲打着客厅座椅的扶手。马科斯起身离开了。

他们的女儿，希尔德加德（随后改成希尔德）出生于一九三九年八月。一个月后，战争爆发了。马科斯陷入了深深的不安中，一方面他希望纳粹力量被打败，但是另一方面他又很担心父母的安全。于是他每天阅读报纸《前线》上的新闻，死死地盯着上面的欧洲地图。嘉熙非常担心丈夫，因为他晚上睡不踏实，在梦中喃喃自语。他们还有女儿需要照顾，她能做的就是不停地安慰丈夫："冷静，马科斯，没有事的，马科斯。"

因为女儿，马科斯渐渐忘记了战争和其他事情，他的目光只停留在女儿身上。在他的日记里也只记载女儿的点点滴滴：今天希尔德第一次喝果汁，她笑了；今天她长了第一颗牙齿，她第一次叫"妈妈"；她今天讲了一句有趣的话（其实讲了很多有趣的话，他记了一页又一页）。日子在不经意间飞逝。马科斯从父亲那遗传下来的脱发越来越严重；在一九四〇年他拔了好几颗牙齿，在一九四一年他因为风湿病卧床数天。"你要干什么？"何道夫医生问他，

"总有一天你会浑身通红,然后生病,这是不可避免的。"马科斯不太相信他的话,因为他感觉良好,他早已经习惯了晒伤和恶劣天气。

一九四二年,巴西向德国宣战。几周后,马科斯开着自己的旧卡车到南卡西亚斯市送货。他先把车开到仓库前,当他下车时,看到不远处几个年轻人不怀好意地看着他。马科斯没有太留意就走进了停车场,等他半小时后出来时,他的旧卡车上已经被喷满了黑色的纳粹党党徽。毫无疑问,肯定是那几个年轻人干的好事。

马科斯怒火中烧,跑到马路中间大喊:

"我不是纳粹!我恨纳粹和在我车上喷这些图案的人!谁涂的,是男人就站出来!"

没有人站出来,马科斯最终上车离开。从那以后,他再也不去城里了,要买他商品的人要到他的农场来拿货,他关掉了收音机,也不再看报纸。

有一天,马科斯得知战争结束了。脑中浮现的第一个的想法是:"终于可以回德国看望父母了。"但随后又有个疑问:"他们还活着吗,他们都经历了什么?"

马科斯决定回一趟德国,他的妻子也支持他:"去吧,马科斯,去看看你的家人。""给我带礼物。"希尔德说道。马科斯感动得笑了。他要以一个游客的身份回到德国,他的家人——嘉熙和女儿,才是他现在最重要的人。

他从银行取了一笔钱,然后买了机票,动身前往德国。抵达柏林并不容易,他需要向当局出示各种文件,才拿到通行证进入市内。

马科斯怀着复杂和悲伤的情绪再次回到柏林。记忆里童年时的城市早已荡然无存。倒塌的房屋随处可见，人们像梦游一样流浪在街头，简直就是人间地狱。他首先去父亲的商店，那已经是一片废墟。走在瓦砾中，马科斯看到一个反射着阳光的东西，是个玻璃眼睛，是店里那只老虎的眼睛。马科斯用手帕小心地把它包好，放入口袋。

他曾经的家也在导弹轰炸后不复存在了。当马科斯看着曾经房子的废墟时，一个女人步履艰难地走向他，向他要一根香烟。马科斯认出她是曾经的邻居。

"你还记得我吗，赫塔女士？"

女人心怀戒备地看着他，突然她的脸上露出笑容：

"是你啊，马科斯！都这么大了，马科斯！"

她泪流满面地抱住马科斯。"太惨了，马科斯。太悲惨了，我们怎么办呢，马科斯！"

女人带马科斯回到家中，她家只剩下一个卧室，门是一块帆布。她让马科斯坐下，然后拿出家中仅有的一点茶叶和僵硬的饼干。马科斯焦急地想问自己的父母怎么样，但女人还没等他发问就说道：

"你母亲在你离开后不久就过世了。你的父亲正在住院，住在一个收容所里。马科斯，他疯了。很多人都疯了。"

马科斯和她告别，留了几条香烟给她，然后动身前往不远处的收容所。这是一个由残破建筑拼凑出来的悲惨世界，衣衫褴褛的病人在其间行走。马科斯向一名护士介绍了自己，护士冷漠地从上到下把他打量了一番，带他来到一个诊疗室。

马科斯几乎认不出自己的父亲，那个高大、傲慢的男人现在成了一个瘦弱、秃顶和没有牙齿的老人，他盯着地板，嘴里念叨着无人能懂的话语。马科斯在他旁边坐下，抱住父亲，抚摸着他布满皱纹的脸颊。"是我啊，父亲，"马科斯低声地说，"我是你的儿子马科斯。"汉斯没有回答他。"没用的，"护士说，"他几乎就是植物人了。"马科斯一言不发地起身了。在离开之前，父亲抓住他，让他弯下腰。

"首领，"父亲在他耳边低声说，"这些都是犹太人的东西。我知道是因为我做皮草生意，听我的意见，放了这只老虎。"

马科斯最后轻吻了父亲的脸颊。护士陪着他走到门口，他会每个月会寄一些钱过来，然后留下了他在巴西的地址，最后他也给了护士一笔可观的小费。护士这时露出微笑并温柔地对他说："放心吧，马科斯先生，我们会照顾好你父亲的。"接着她放低声音说："我觉得你父亲快不行了，可怜的人。但是在他离世之前，我们会让他舒舒服服的。等他过世的时候我们再通知您。"

马科斯最后握了一下护士伸出的手，便离开了。

他走在柏林的马路上，经过一个曾经经常与父亲喝啤酒的酒吧，这个酒吧还幸存着，开门营业。马科斯进去坐下，他是唯一的顾客，一个忧郁的老人上前接待他。

"我们现在只有茶，先生。茶和矿泉水。"

马科斯点了茶。当他小口喝着茶的时候，看到路上有个女人，他放下杯子盯着她。突然他站了起来，与此同时，那个女人也向他跑来。

"马科斯！"

是弗里达，这个肥胖丑陋、穿着随意的女人就是他在皮草仓库亲吻过的弗里达。在服务员冷漠的注视下，他们紧紧地拥抱在一起。弗里达不禁开始哭泣，"马科斯！多久没见了，马科斯！"她又忍不住地抱住他。最后他们坐下，马科斯为她点了一杯茶，在短暂的犹豫后，问她是否要吃点什么。"要。"她回答道。服务员拿来店里仅有的食物：煎蛋和面包，她立刻狼吞虎咽吃起来。她嘴里塞满了食物，不停地讲述过去几年的战争和可怕的经历。马科斯注意到她脖子上挂着一个褪了色的圆形挂坠，里面有张男人的头像。"你的丈夫呢？"他问道。

她耸了耸肩。

"我也不知道。他在战争爆发后就消失了，我猜他大概逃跑了。很多人都逃跑了。但是对我来说无所谓，你知道的，我不喜欢他。"

这时，弗里达向马科斯靠去，脸上泛着油光，一把抓住他的手。

"我真正喜欢的人是你，马科斯。那些在仓库的午后，你还记得吗？"

她不好意思地笑了，随后又严肃地看着马科斯，嘴巴微张，呼吸开始急促。

"马科斯，我们这么久没有见面了，你难道不想？"

马科斯犹豫了片刻，但是就是这个瞬间让她明白一切已经结束了，她感到分外羞辱：

"不了。最好不要。因为我没有时间，我现在还有事。"

她站起身，当马科斯想握住她粗糙的手时，弗里达拒绝了。"希望有一天我们还能再见面。"说完她就离开了。马科斯看着她快速地穿过马路，消失在路口的转角。

就像来德国时一样，马科斯也乘坐轮船回巴西。这是一艘巨大舒适的游轮。他有属于自己的商务客间，再也不会听到猛兽的嘶吼声，沉船的风险也显得格外遥远。轮船上有一切救生装置，船长也一直给大家传递信心。但马科斯晚上仍然睡不好，每天都是疲惫地起床，不过这是因为他在广阔的大海上想念自己的家、妻子和女儿，还有自己熟悉无比的睡床。"我再也不旅行了。"他对自己说，"不会再去德国了，哪儿也不去。"

马科斯回到了自己的农场。种田、收割、照料动物，晚上他看书和听音乐。嘉熙对他抱怨道："你从来没有带我去看过电影，马科斯！我从小到大只看过两场电影！"

马科斯觉得妻子需要再生一个孩子，但是她怀孕不久就流产了。嘉熙因为大出血，不得不住院。马科斯把希尔德留给一个用人照顾，一个月都在医院陪伴妻子。当他回家时，他惊讶地看到在绿丘最高点正在建造房子。那个地方建造房子显得非常奇怪，因为很少有人会去那里，而且房子看上去格外庞大奢华。"你知道这是谁的房子吗？"马科斯问用人，无人知晓。于是他拿来望远镜，每天在家中观察这栋房子。

起初马科斯只看到建筑工人和领队的工程师，后来有一天，他看到一个好似房主的人。只看到他的背影，那是一个中年男人，穿着体面，可以肯定的是他来自欧洲。男人转过身，马科斯想努力看清他的脸，但是当他看清时，顿时觉得心脏停止了跳动：他认得这张脸，他见过这个人，而且就是在不久前，在弗里达的吊坠上，这个男人是她的丈夫。马科斯想通过望远镜再仔细确认一下，可是那个男人已经钻进一辆车内，离开了。

生活从那一天起就再也不一样了。他刚恢复健康的妻子也不禁担心起马科斯来，因为他完全丧失了对工作的热情，不吃也不睡。甚至小希尔德也察觉到了他的变化，"爸爸怎么了？"她问道，而嘉熙也不知道该怎么回答。"去看下医生吧。"嘉熙对丈夫说。马科斯回答没有必要，他没有生病。但是嘉熙知道马科斯有什么不对劲，而且她开始怀疑问题是出在自己身上。"你是不是不喜欢我了，马科斯？"她哭喊着，"你肯定是厌烦我了，就是因为我不是白人，我跟你不是一个人种。"马科斯感到不胜其烦，于是离开了家。

他漫无目的地走在田间，脑海里全是望远镜里看到的那张脸孔。马科斯最后绝望地想，为什么不能让他平平静静的生活，一定要让他记起当初痛苦的回忆？他已经开始了新的生活，他不愿再想到过去。"弗里达的丈夫还活着，来到巴西，甚至就住在不远处，这跟我有什么关系？"

"很有关系！"马科斯知道这对他有很大的影响。

马科斯要找到真相，必须进入虎穴来真正地面对猛兽。但是怎么进去呢？以什么借口呢？

就在他被这些疑问困扰的时候，房子不知不觉建好了，那个男人随后搬了进去。看上去他是一个人住，没有家人，但是在他家中还有两个人，其中的一个男人有可能是用人，另外一个经常穿着围裙的女人是厨师。马科斯时刻留意着房子里的动静，他发现那个男人周末一般都在家中，于是在一个周六，马科斯驱车前往这栋房子。

通向房子的小路狭窄曲折，显然是房主自己开辟的，因为周围没有其他邻居。马科斯把车停在紧闭的大铁门前，上面挂着一个警告牌：私人住宅，内有恶犬。的确，院内有四只大狗在愤怒地吼叫。

马科斯按了下门铃，用人走了出来。

"你是谁？"用人警惕地看着马科斯。

"我是山下那座房子的主人。"马科斯解释说，"我今天是来拜访你家主人的。"

他停顿了一下，然后挤出一个勉强的微笑，说：

"这是对他搬来这里表示欢迎，这是我们本地的风俗。"

用人没有说什么就转身进屋。过了一会儿，他出来把狗拴好，然后打开了门。

"请跟我来。"

他领着马科斯走进院内,在进门之前,他提醒马科斯:"请用这片毛毡清洁一下你的靴子。"

马科斯不怎么情愿地按照他的指示擦拭了靴子。用人带他进入一间豪华的办公室,里面的家具都是来自本地,带着浓厚的乡村风格,地上铺着羊毛地毯。房内有图画和雕塑,烟灰缸都是水晶质地,书架上的书也是精装本。马科斯扫了一眼书名,主要是小说和哲学著作。

"早上好!有何贵干?"

在马科斯面前站着他一直通过望远镜偷窥的那个男人。他身穿一套休闲服:斜纹软呢的上衣,法兰绒的裤子,脖子上系着丝绸围巾,透露出优雅的气质。待人亲和,面目善良,不太像弗里达脖子上挂着的人像。"时间改变了他。"马科斯心想。一股厌恶从他心中升起,他忍不住地握紧了拳头,但是最后还是克制住自己,并向对方介绍此次拜访是出于欢迎。

"欢迎来到我家。"男人说道,带着德国口音。在简单的寒暄后,男人问马科斯是否可以讲德语,马科斯犹豫片刻后回答可以。于是男人开始用德语自我介绍,他叫乔治·巴克豪斯,来自柏林,退休了的商人,靠以前的积蓄生活。

"我最后决定在巴西度过我的晚年。"带着一丝悲伤微笑的男人说,"我厌倦了欧洲,厌倦了战争和破败。"

"厚颜无耻。"马科斯心里骂道,"不要脸,你这个叛徒、凶手，但是不得不承认，你是一个艺术家，竟奇迹般地用现在的身份来这里避难。"

"要喝点酒吗？"

马科斯没有回答，男人倒了两杯酒，微笑着递给马科斯一杯。

马科斯抑制不住愤怒，把酒杯重重地摔在地上。男人被他吓了一跳。

"够了！够了！"

男人惊讶地看着马科斯。

"你不知道我是谁？"马科斯咆哮着说，"我是马科斯，马科斯·施密特！你老婆弗里达的情夫，那个被你抛弃的弗里达！还有我的朋友哈拉尔，都是因为你向警察局告发，他才被害死的，都是因为你！"

"我不知道你在说什么，"男人一脸惨白地说，"请冷静，或者马上离开我的家！"

用人这时打开门问：

"还需要点什么吗，乔治先生？"

"不需要，谢谢。有需要的时候我会叫你。"

巴克豪斯关上门，转过身来对马科斯说：

"马科斯先生，你这样让我非常不愉快。我理解你的愤怒，但是你肯定把我跟那个人弄错了。我从德国离开的时候……"

马科斯打断他：

"我没有把你记错。"他压低声音说，"你不要以为事情就这样结束，我们马上来好好算这笔账，等着吧。"

马科斯没有等对方回答，便猛地打开门离开。在用人警惕的注视下钻进自己的车内，猛地把车发动，开出院子。"小心！"用人大叫道，"你压到花草了！"但是车已经消失在曲折的小路上。

马科斯现在知道他要怎么做了。他要揭露那个纳粹分子的真实面目，然后让他被捕被审判。

于是马科斯来到阿雷格雷港的一个警察局。"我要举报一个重要的人。"他对接待的警官说。警察认真地听着马科斯的叙述，并做笔记，最后他忍不住打断马科斯混乱的叙述：

"你有什么证据来支持你刚才的叙述吗？"

"证据？"马科斯皱了下眉头，"什么证据？我跟你讲的都是事实！那个男人是纳粹！纳粹武装分子。我的话难道不足为信吗？"

警察笑着说：

"这不算数。我们需要一些具体的证据，比如文件和相片。"

"文件和相片？"

马科斯不解地看着警察。"没有，我没有这些东西。"他低声嘟囔着。

突然，他觉得眼前的警察非常眼熟。

"我觉得我见过你，但是我不记得在哪里了。"马科斯说道。

警察也好奇地盯着马科斯。

"是啊，我也觉得我见过你。"

警察思索了一会，补充道：

"你是不是在一九三七还是一九三八年的时候住在一家旅店？"

马科斯想起来了，他是那个在镜子前穿制服的男人。马科斯顿时觉得一切都解释得通了：他不可能反对纳粹。甚至有可能支持纳粹，想到这里，马科斯立刻起身离开警察局。

马科斯觉得无法通过法律途径来解决问题，他认为那个男人有强大的人脉关系，所以应该被保护得很好。于是他另辟蹊径，选择了一条更加冒险的道路。因为他在乔治·巴克豪斯家中看到《人民邮报》，于是他就在这份报纸上发布了一篇名为《山区的蛇窝》的文章，第一句话就是"在绿丘的顶端，有一座刚完工的房子……"，最后以"这是可怕的纳粹分子的巢穴"结尾。

这次，马科斯激怒了那个男人。在文章刊登后的第二天，巴克豪斯的用人就来到他家：

"我主人让我来通知您，不要再胡说八道了。主人不想采取强制措施，但是，假如您继续这样，您将会被逮捕。"

"滚出去！"马科斯怒吼道，但是他很开心看到他成功地刺激到这只猛兽，并把他引出巢穴。"我要再放出点风声来刺激这个纳粹，让他原形毕露。""不要这么做了。"嘉熙紧张地劝他，"不要再去打扰那个男人了。"

但是马科斯不可能就此收手。至少不是现在,他脑中已经形成了一个计划。马科斯当晚就行动,他来到绿丘的房子前,为了进入住宅,他得先毒死院内的几只大狗,然后借着微弱的曙光,爬上屋顶。屋顶上悬挂着一面有纳粹标志的旗子,丝绸质地。马科斯回到家中,即使不用望远镜,他也能从屋内看到迎风飘动的旗子。但是和其他匆匆赶路的人一样,马科斯以前从来没有注意到这面旗子,那是因为乔治·巴克豪斯只有在夜幕降临后才会升起这面旗子。马科斯笑着观察那个高傲的用人小心翼翼地爬上屋顶把旗子降下。嘉熙感到越来越不安:"现在够了,马科斯,你已经报仇了。"但是马科斯心里正策划着下一个行动,他现在满脑子都是主意:可以散播关于那个纳粹分子的传单,或者写一个剧本,再谱个曲子。

但他没有机会来实施这些想法。

第二天清晨,马科斯被一阵强烈的敲门声惊醒,他打开门后,是一脸惊恐的用人布格尔。

"快来看,主人!"

马科斯跟着布格尔来到养殖场。眼前所见让他不禁想呕吐:变形的笼子,遍地被肢解的兔子,血流满地。"是雪豹。"布格尔说。

他想到当地流传的故事,在绿丘上有一只雪豹,它是从运往阿雷格雷港动物园的卡车中逃出来的。

"雪豹?不可能!"对马科斯而言,这惨烈的场景远不是一只雪豹可以造成的。这肯定是乔治·巴克豪斯用来恐吓他的手段，但是就算杀再多兔子，他也不会害怕的。

马科斯又在《人民邮报》发表类似文章，随后，他、布格尔和另外一个年轻用人在农场上轮流值夜班。每人都配了一把手枪和子弹，马科斯吩咐道："一看到动的东西就立刻射击。"

"即使是人也开枪吗？"

马科斯停顿了片刻，补充说：

"是人的话，更要开枪！"

在他巡逻的第一个晚上，马科斯想到父亲曾经在印度猎杀老虎，但是他现在完全没有父亲当初狩猎时的热情。一想到那个纳粹分子正在进攻，他就火冒三丈。他们之间的矛盾好像演变成一种游戏，马科斯先出一招，乔治·巴克豪斯随后给予还击。

这个巡逻活动显然和动物无关。他们晚上轮流监视了两周，没有发生任何事情。布格尔开始忍不住地抱怨："我已经老了，整晚不睡觉快让我受不了了。"另一个年轻用人也以工作相威胁。而嘉熙则在半夜打开窗户，对马科斯大吼："给我回到床上！马科斯，停止胡说八道！"

马科斯最后不得不放弃了晚上的巡逻。但是他敢肯定，这只雪豹"巴克豪斯"会马上予以还击。于是他决定先挑动巴克豪斯，马科斯再一次在报纸上发表有关巴克豪斯是纳粹的文章，然后焦急地等待回应。"这次又是什么样的报复？杀死我的鸡，还是拔我的生菜？"

几天后，马科斯收到法院的传票。嘉熙陪着他来到南卡西亚斯市。在法庭上，马科斯被通知去找律师，因为乔治·巴克豪斯对他提出诉讼。

在回家途中，马科斯一言不发。他一边思考如何报复，另一边又深感不祥。他现在能确认的是这个敌人是可怕、不可预测的，远比想象中狡猾，这和弗里达口中木讷的丈夫完全不符。所以这场战役比想象中的还要艰难。

一回到农场，他们就立刻察觉到异样：布格尔的衬衫被扔在地上，门口站着的小男孩让他们感到紧张。

他们下了车，跑进家中。布格尔迎面过来：

"主人，雪豹！雪豹又来了！太悲惨了！"

他们在田地里找到小希尔德，她当时已毫无知觉，衣衫破烂，浑身都是伤痕。嘉熙忍不住高声尖叫，马科斯抱起女儿放入车内，立刻开往医院。

他们整夜无眠，守在医院的等候室。第二天早上，医生过来跟他们说不要太担心，小女孩现在没有大碍。

"但是她怎么会伤成这样？被针刺的？"

"不是。"马科斯说，"我认为不是被针刺的。"停顿了片刻，他问医生女儿有没有说什么。"没有。"医生回答说，"她什么都记不起来。"

"至少她还有遗忘。"马科斯想。他把嘉熙留在医院，独自回家。

他有条不紊地做所有的准备工作。首先，他写了一封信，这封信不是给嘉熙的，因为她几乎不识字。这封信是给何道夫医生的，信中写道，马科斯希望他们不要对他的行为感到震惊和奇怪,因为他很冷静,知道这是他必须完成的事。他希望何道夫医生能帮助嘉熙打理生意,最后对他表示深深的感谢。

马科斯把信装入信封,然后走进工具棚。犹豫了片刻,他拿起一把镰刀。他紧锁眉头,仔细地看着刀锋,嘴角露出浅浅的笑。他把镰刀放下,又拿起一把斧头,最后他选择了一把大刀,这是所有工具里最大的一把,有长达八十厘米的刀面。他开着卡车前往绿丘。在离乔治房子几百米远的地方,他停下车步行。

院子的门没有上锁,他打开门,立刻就听到狗吠声。院内还有一只狗,一只达尔马提亚狗代替了原来的看门狗。这只狗向马科斯冲来,他用刀刺向大狗,只见狗一阵抽搐,重重地摔在地上。经过的邻居刚好目睹了这一幕,不禁发出一声尖叫,匆匆消失在田地间。马科斯没有看到用人,有可能他当天休息,或者事先逃走了。

马科斯看了一眼躺在地上的狗尸,不慌不忙地向房间走去,房门敞开着,他手握大刀踏进屋内。

无论是办公室还是客厅都空无一人,马科斯打开另一扇门,出现了一条长长的走廊,在走廊深处站着乔治·巴克豪斯。

他手里拿着一把手枪,马科斯盯着他的手,朝他走去。马科斯盯着他的手不是因为害怕手枪,而是想看清楚他的指甲。在微弱的光线下,他看到乔治的指甲不长也不尖锐,指甲缝里也没有任何血迹,但马科斯知道血是可以被水冲洗掉的。乔治的手没有任何异样，除了握着一把手枪。"站住！"乔治低声说。但是马科斯没有停下，他扣动了扳机。

子弹打中马科斯的左肩，他摔倒了，但是立刻又站了起来，无视身上的疼痛和涌出的鲜血，继续前进。又一枪，打在右臂上，一阵锥心的疼痛。马科斯停了片刻，又继续向前走，手里紧紧地握着大刀。

乔治·巴克豪斯笑着把手枪转过来，对准自己的胸膛。停顿了片刻，好像在说什么，随后按下扳机，没有任何声响地倒下了。

马科斯马上被带到警察局，但是首先得去医院就诊，一出院就进行受审。法官问他是否杀了乔治·巴克豪斯。他回答是。"为什么？""因为一项债务。"他在陈述中简单地回答。鉴于马科斯当时也身负重伤，而且所有证人都说他平时表现良好，同时也因为他最初的身份是一名难民，法官判了他六年的监禁，但是这个判决受到了爱狗如命的检察官的抗议，他对达尔马提亚狗的死亡表示愤慨（"他竟然为了个人的恩怨把一只尽忠职守的狗残忍地杀害了"）。

马科斯被关押在阿雷格雷港的中央监狱里。其实这是一个形式上的监禁：在规定的时间段劳动，其余时间可以阅读，他也不和任何人产生冲突或者滋生事端。因为良好的表现，在刑满前他就被释放了。他回到自己的农场，他不在的日子里，农场的生活并没有太多的变化。

马科斯接下来的日子过得平平淡淡，他和所有人都和睦相处，尽管他对过去的事情闭口不提，像他女儿希尔德完全不记得当日在田地里的事一样,他对有些事情是真的遗忘了。希尔德后来变成一个容易紧张的姑娘,嫁给了一个工程师,生了四个孩子,这让嘉熙备感欣慰和幸福。

在马科斯生命的最后几年,他专注于养殖良种猫,特别是安哥拉猫(巴西安哥拉猫),还在多个展览上获奖。这是一种非常温顺、敏感的动物,当马科斯唱摇篮曲的时候,它会轻轻地打着呼噜睡着,而且特别喜欢孩子。

马科斯·施密特于一九七七年离世。在他临终前,他说:"我现在和猫科动物和平共处了。"但是没有人明白他想说的是什么。不过,马科斯确实和猫科动物和平共处了。

卡夫卡的豹

豹子闯进圣殿里，把圣杯中的液体一饮而尽；长此以往，这变成了一种习惯，并成为仪式的一部分。

——弗兰茨·卡夫卡

机密报告 125/65

尊敬的长官阁下：这份报告的目的是通知阁下被关押的杰米·维塔利耶维奇，别名坎塔雷拉，于一九六五年十一月二十四日到二十五日凌晨在阿雷格雷港的市中心被捕。此人在本市大学里被公认为党派积极分子，我们历时两个月来跟踪他。大约在晚上九点，杰米·维塔利耶维奇，别名坎塔雷拉，来到他女朋友比阿特里斯·贡萨尔维斯的公寓里，其他成员总共六人，或独自一人，或两人一组来到同一公寓，很明显他们是参加一个秘密会议。晚上十一点半，正当罗博欧警员发出逮捕的命令时，包括比阿特利斯·贡萨尔维斯在内的七名成员开始撤离公寓，除了杰米·维塔利耶维奇，别名坎塔雷拉以外，其他六人逃脱，他因为在撤离时扭伤大腿，所以无法逃跑。他被押到特别行动部队总部进行审问。在整个审问过程中，使用了电击手段，但是因以下两个原因而中止：1）杰米·维塔利耶维奇，别名坎塔雷拉连续昏厥；2）电击设备断电。杰米·维塔利耶维奇，别名坎塔雷拉，不停地说会议内容是讨论文学和品尝马黛茶。在公寓内确实找到刚泡的马黛茶和多本文学书籍，不过这不能推翻是反动会议的假设。杰米·维塔利耶维奇，别名坎塔雷拉被全身搜查。他的口袋里有：

1）一些纸币和硬币；2）一条肮脏破烂的围巾；3）一个铅笔头；4）两粒阿司匹林药片；5）一张仔细对折叠好的白纸，上面印有一句德语：

Leoparden in Tempel

Leoparden brechen in den Tempel ein und saufen die Opferkrüge leer; das wiederholt sich immer wieder; schlieslich kann man es vorausberechnen, und es wird ein Teil der Zeremonie.

句子下面的落款是弗兰茨·卡夫卡。

纸质泛黄，看上去年代久远。我们相信这虽然看上去是一封信，但是有可能是密报。我们申请对这句话进行紧急的葡文翻译。在翻译的基础上，我们将继续审问杰米·维塔利耶维奇，别名坎塔雷拉，以及他与国际反动组织的关系。

自一九六四年巴西政变后，特情局档案开放，无数文件得以曝光，其中就包含了上述机密报告，而我手上正有一份这个报告的副本。

杰米·维塔利耶维奇，别名坎塔雷拉，正是我的表兄。我们的关系从来没有很亲密过，但是我很喜欢并且尊重他。这个报告包含了一个关于杰米、我的伯伯本杰明·维塔利耶维奇和弗兰茨·卡夫卡之间惊人的故事。

我们先从本杰明开始，他的照片在我现在手上拿着的家族相册里。除此之外，在犹太人墓地，他的墓碑上也挂着同样的褪色照片。这张照片引人注意的是我伯伯特有的令人害怕的气场。人们都叫他"小老鼠"（这不是绰号，是他真实的姓）：他黑色的眼睛和扇形的耳朵看上去就像一只小老鼠。但他不是儿童故事里那种可爱的小老鼠，他是忧郁、孤独、蜷缩在自己书房里的老鼠。同他已婚并拥有四个子女的哥哥不同，本杰明没有组建过家庭，我觉得他从来没有过女朋友，他和女人的接触仅限于国家志愿者路上的站街妓女，她们认识这个男人，所以给他优惠的价格。小老鼠一直都很穷。他是一个有手艺的裁缝，本来可以借此赚很多钱，但是这没有发生。最主要的原因是传统裁缝店被工业制造逐渐代替，所以这些年他渐渐地失去了主要的几个大客户，其中包括阿雷格雷港有名的记者、政客、球员和警员。其次，随着他年龄的增长，小老鼠开始对衣服有一些奇怪的理论，比如他认为衣服的左袖子应该比右袖子短，"这样可以更方便人们看手表"，并且按照这个想法缝制套装，这无疑让很多客人大为恼火。但是他对抗议不以为然，并为这些客人贴上"愚蠢"和"不理智"的标签。他一直说要顺应时代的发展，因为时代的发展代表着进步。他曾经信奉托洛茨基主义，所以言语中带有左派的风格。现在小老鼠对政治，尤其是党派政治完全不感兴趣了，而这些新闻往往是报纸的头条。他一般没有什么活动，每天都是两点一线，从公寓走到小裁缝店，又从小裁缝店回到又破又小堆满书籍的公寓。小老鼠读很多书，任何类型的书，从小说到哲学。他的生活可以概括为缝纫和阅读，他不参加任何聚会，不看电影、戏剧，他甚至不看电视，因为他认为电视上的都是胡说八道。他的哥哥和大嫂很为他担心，他们希望小老鼠能认识些人，交一些朋友，然后结婚，对于一个男人来说，有什么比组建一个家庭更重要的呢？当然了，小老鼠远不是一个有魅力的男人，尤其是他年纪越大，结婚的可能性就越渺小。但是一个好的媒人说不定可以给他找一个老婆，只要是单身的姑娘就行。不过小老鼠对结婚完全不感兴趣，他把自己封闭在单调、墨守成规的生活里，并且自得其乐，不愿出来。在他七十五岁生日时，我的哥哥特地为他准备一个生日聚会，我们为此准备了数天。我至今还记得那个倒霉的夜晚。我们所有人都提前到了，侄子、外甥还有戴着米奇老鼠帽子的侄孙们。大概晚上八点的时候，小老鼠打开门进来。他的反应很不寻常，首先是惊吓，因为他以为是一场抢劫，当他知道是给他的惊喜派对后，他异常的愤怒，破口大骂："你们以为自己是谁，一群愚蠢的人！"最终，我们让他冷静下来，但是我们无法按照原计划带他一起去吃烤肉。"我没有什么可以庆祝的，"他小声嘟囔着，"我谁都不是，我不需要这些。"

但是在他忧郁的生活中有过一次奇异的冒险。这场冒险的记忆从青少年起就一直陪伴着我的伯伯,在他生命快要结束时又发生了一件同样令人惊讶的事情。小老鼠跟我说过无数次这场冒险和后续故事,因为他的最后几年在养老院中度过,而我作为那里的青年医生负责照顾他。这事情已经过去很久了,但是直到今天我仍然记得这个故事。

维塔利耶维奇家族来自比萨拉比亚,这里归属俄国还是罗马尼亚,一直有争议。他们住在切尔诺维斯基,一个距离敖德萨市八十公里的小村庄,像东欧其他的犹太村庄一样,这也是一个贫穷的村庄。人们长期生活在恐惧中,他们无时不害怕有组织的大屠杀。犹太人总是所有危机的替罪羊,而在沙皇俄国,最不缺的就是危机。

我的曾祖父,也就是小老鼠的父亲也是一名裁缝。他是一名技艺高超的裁缝,但是赚的钱还是难以维持家用,如果没有慷慨的俄国顾客,全家甚至会穷到揭不开锅。他一直期望自己的子女能从事一份更好的职业,他认为本杰明可以成为一名出色的拉比。这种期望是合理的,因为拉比受人尊重,总会有口饭吃,而且本杰明也很聪明,并且从小就喜欢阅读。他所需要的只是经过完整的宗教训练。

但是本杰明一点都不想成为拉比。在他生命的某个瞬间有可能想到过这个职业,但是因为这是父亲的意愿,所以他本能地抗拒。小老鼠是一个叛逆的人,他同父母、邻居乃至全世界争吵。他安静地反抗着一切，他的母亲试图改变他，但是总是徒劳无功，最后换来的都是不得已的一声叹息。

不久，随着他越来越意识到世界上不仅仅存在犹太人，还有其他种族这个压抑的事实后，小老鼠的叛逆找到了目标。在一九一六年，俄国充满社会、政治和种族矛盾，国内的贫困和压迫已经让人无法忍受。大家都说革命是迟早的事，而共产党也正准备掌握政权。

这些新闻很久后传到切尔诺维斯基，立刻引起了巨大的反响。在村庄里，一群年轻的理想主义者秘密地聚集在一起，讨论马克思和恩格斯的文章。这个小组由伊奥斯领导，他是一个屠夫的儿子。

小老鼠是伊奥斯的朋友。不，小老鼠很敬仰伊奥斯。因为他是一个高大英俊的小伙子，有浓密的头发和深色的大眼睛，对于小老鼠来说，他简直就是个榜样。他无比崇拜地听着伊奥斯的演讲，他讲到一个更美好的世界，一个不再存在穷人和富人、压迫者和被压迫者的世界，一个充满公平与和平的世界，不再会有人被迫害，所有的犹太人和其他人一样享受平等。

当小老鼠十九岁生日时，伊奥斯送给他一本《共产党宣言》。这本书对本杰明的重要性就好比《摩西五经》之于犹太教徒一样。他每天都仔细阅读这本书，甚至可以把里面的内容一字不差地背下来。他在公共场所、市场和会堂上朗读《宣言》，认为阶级斗争是社会进步的唯一途径。"为了让世界有公平,必须流血!"他大声高呼。

有一些人认为这是本杰明的一时热血,他父亲却不这么认为。他要闹革命的想法把老裁缝吓坏了:"看在上帝的分上,千万别再说这些了,假如沙皇的警察听到你这番话,就有你好受的了。"但是他的母亲里弗卡,一个胆大多疑的女人却对儿子的行为不以为然。对她来说,小老鼠连一只老鼠都杀不了,更别说参加什么流血革命,唯一让她不安的是,她不希望儿子卷入混乱之中。

伊奥斯和他的小组没有加入到任何政党,这是因为他们居住在几乎与世隔绝的偏远农村,这让大家备感沮丧。尤其是伊奥斯,他急切地想联系上其他共产主义者,他希望小组成为一个随时准备革命的活跃细胞,他相信革命一触即发,最让他受启发的人物是托洛茨基。

伊奥斯知道有关托洛茨基的一切,知道他的真名叫做列夫·达维多维奇·布龙施坦,在敖德萨接受教育,是列宁最亲密的战友,写了许多书籍和文章。因为托洛茨基被流放多年,所以伊奥斯从来没有见过他,但是伊奥斯做梦都想见他一面。事实上,他最渴望的是能成为伟大领袖的左膀右臂。

这也是小老鼠的梦想。是的,他也希望成为共产主义者,就像《国际歌》中所唱的,在决定人类未来的最后战役中站在托洛茨基的身旁(他们只看过《国际歌》的歌词,但是从来没有听过,所以只能自己想象乐曲)。托洛茨基这个名字当时在切尔诺维斯基也是一个传说。所有人都知道他是一个要推翻政府的革命家。这个对有些人来说是可怕的消息，对其他人却是充满希望的，假如革命成功，托洛茨基将改变人们的生活。对于小老鼠来说，革命是一件改变世界的大事，他希望能在其中承担先锋的角色。他把自己的梦想告诉伊奥斯，但是伊奥斯表现出令人捉摸不透的不安："我不知道你是否已经成熟到能参加革命。"

成熟？什么是成熟？小老鼠认为自己的年龄已经足够参加革命，而且沙皇政府马上就要让他服兵役了，一想到这个，就让他感到分外的厌恶，与其作为镇压人民的工具，不如去死。伊奥斯反驳他说："同志，你总是在口头上说说，这是不够的，你需要行动。""怎么行动？"小老鼠问道。"你会看到的。"伊奥斯神秘地回答他。

有一天，伊奥斯消失了。就这么凭空不见了，没有通知任何人。他的父母感到分外恐慌，他们不知道村里的人会怎么想。人们担心他被土匪绑架了，在那个暴力的年代，被暗杀是常有的事。但是小老鼠知道伊奥斯神秘的消失肯定跟革命有关。

小老鼠是对的。两周后，伊奥斯回到村里，他对父母随便编了一个故事，说是受其他村庄朋友的邀请去度假了。但是在小老鼠的不停询问下，伊奥斯两眼闪烁着激动的光芒，对他说出了实情：

"我跟托洛茨基在一起。"

小老鼠的第一反应是震惊，随后就是嫉妒，无比的嫉妒，甚至让他无法掩饰沮丧。他痛苦地听着朋友的叙说。

伊奥斯一个人计划了整个过程，没有告诉任何人。他跟着托洛茨基来到巴黎，没错，是巴黎，那个传说中的光之城，一七八九年的革命和无数其他光辉的战役都发生在那个城市，那也是欧洲知识分子的中心。被各国警察追捕的托洛茨基为了与战友相遇而来到巴黎。得知此消息后，伊奥斯前往敖德萨，然后悄悄地乘坐一艘轮船来到马赛，又搭乘火车抵达巴黎。最后，在一个亲戚的帮助下，他成功地在地下小房间里见到了托洛茨基，那是他们的司令部。伊奥斯激动地描述他见到的托洛茨基，那是一个瘦小、头发蓬乱、留着山羊胡子和有敏锐目光的男人。

"他问我想要什么，我说，托洛茨基同志，我非常敬仰你，我读了所有您写的文章和书籍，我想成为一名共产主义者，同您一起战斗！"

"那他怎么回答？"

"他安静地听完我的话，沉默了几分钟，静静地看着我。接着他向我提出一个很奇怪的问题。他问我为什么不选择成为拉比，他说你知道，拉比是份很好的职业，尤其对喜欢看书和热爱学习的人来说……"

"什么？"小老鼠不解地问，大革命家竟然向伊奥斯建议成为拉比？伊奥斯笑着回答说：

"事实上他是在测试我，看我是否真的想加入革命。但是我表现得很好，我回答他说宗教是无产阶级的鸦片，但是我的责任是解放事业，是您和列宁倡导的社会主义革命事业。他很喜欢我的回答，但是他说言语是不够的，我需要在革命行动中接受真正的考核。我说托洛茨基同志，我什么都不需要，请给我一个任务，我一定会完成它，哪怕付出我的生命。"

伊奥斯停顿了一下，然后转向小老鼠，眼中含着热泪。

"本杰明，他给了我一个任务。托洛茨基给了我一个特殊的任务，地点是离这儿很远的布拉格。假如我能很好的完成，就可以加入他们。这是他对我的承诺。我觉得他甚至会给我一个重要的职位。"

什么任务？但是伊奥斯不能告诉他。尽管小老鼠一直问，但是伊奥斯仍然守口如瓶。"是秘密任务，我不能泄露，即使跟你们也不能说。"他重复道。

"但是这对我们都有好处。"他安慰地补充，"我没有忘记我们的团队，本杰明。我准备做的第一件事就是在切尔诺维斯基成立党支部。我都已经想好名字了，就叫'列昂·托洛茨基支部'。"

"列昂·托洛茨基支部"没有成立，因为两天后，伊奥斯就病倒了。他的病情很严重：持续的高烧和呕吐，偶尔还会胡言乱语。他绝望的父母不知如何是好，他们甚至用光了所有的积蓄，叫来敖德萨的医生为儿子看病，可是仍不见起色。医生不知道该如何继续为他治病，只好告诉他的家人做好最坏的打算。

当天下午，伊奥斯请家人叫来小老鼠。当他到达后，伊奥斯让所有人都离开，"我们要单独谈一下。"他喘着气对其他人说。父母和亲戚既担心又好奇地离开了房间。

当房门关上后，伊奥斯向小老鼠做了一个靠近的手势，他的双手全是汗，握住小老鼠的手，双眼盯着对方低声说：

"我要请你做一件事，本杰明同志，一件非常重要的事。"

"请说，伊奥斯。"小老鼠的声音因为激动而略微发颤，"请说，只要我能做到的，我一定全力以赴。"

"是我的任务。"伊奥斯说，"托洛茨基给我的任务，你将替我完成这个任务。"

"不要胡说八道了。"小老鼠一边流泪一边说，"你会好起来的，你要去完成托洛茨基的任务，你会很快没事的。"伊奥斯用手势打断他的话：

"不要骗我了。我知道我现在的病情，情况很糟糕。现在你听我说，你要去布拉格。等到了那以后，你去住在车站旅馆，那里有用我名字预留的房间。然后你去找一个男人……等一下，把桌子上的那本书拿过来。里面有一笔钱、火车票、旅行指南和身份证明文件，还有一封信。"

小老鼠按照他说的拿起书，那本书自然是《共产党宣言》。旅行指南把如何抵达布拉格写得非常清楚。而那封信还没有被打开过。

"这封信里，"伊奥斯继续说，"有你要去找的男人的姓名和电话。我不知道他是谁，也从来没有人跟我提过，我只知道他和我们一样也是犹太人，好像是一名作家。好了，他是谁我们现在先不管。等你到了布拉格，就打电话给他说：'我负责接收文本。'就这句话，明白吗？'我负责接收文本。'这是暗号。"

他因为气喘而停顿了一下，然后继续说：

"他会给你一封加密的消息。用来解密的编码也在这个信封里，那是一张纸，和你到时候在布拉格收到的纸张大小一模一样。第二张纸被剪切出一些空格，上面有几句话，把它放在第一张纸上，空格中就会浮现出其他的句子，最后组成一篇完整的信息来告诉你真正的任务。它将会告诉你一个地点，可能是一家银行、一个公司，我不知道，但是目前这不重要。确定这个地点，会有人与你联络，告诉你接下来要做什么。现在情况很紧急，因为托洛茨基好像正离开法国前往美国。所以你得立刻行动，最迟明天晚上走，本杰明同志，请完成这个任务，你能为了我和我的事业帮我完成这个任务吗？"

小老鼠这时已经泪流满面，他向伊奥斯承诺说可以，伊奥斯可以信任他。从他家出来后，小老鼠跑回自己家中。"伊奥斯现在怎么样了？"小老鼠的父亲问。他没有回答就径直走入房间，关上房门，扑倒在床上，开始歇斯底里地哭泣。

最终，他冷静下来，手握《共产党宣言》坐在床上，努力地理清思路，因为他不知道下一步该如何是好。一方面，他想陪在病重的朋友身边；另一方面，他又必须去完成伊奥斯给他的任务，可是这个任务如此的混乱和神秘，好像只是伊奥斯一时的胡言乱语，但是手中的文件、机票、钱还有信封都证明这不是他的妄想。

根据伊奥斯的描述，这个任务一点儿都不简单。首先，小老鼠从来没有离开过切尔诺维斯基，而现在他要独自前往一个陌生的城市。语言有可能不是问题，他可以跟会德语的人沟通，因为他跟父亲的一个朋友学过一些德语，其实他们当地的语言就是从德语演变过来的一种方言。除此之外，旅行本身也暗示了巨大的难度。毕竟，这是一场反对英国、法国、俄国、德国和奥匈帝国的战争，波西米亚王国和它的首都布拉格也卷入其中。事实上，策划整个行程的人完全知晓当下的情况，但是他尽可能少透露信息来避免军事检查。

所有的一切都表明他面临的是一项革命任务，毋庸置疑，这项任务还含有非同寻常的风险。小老鼠相信这肯定是重大的行动，有可能他需要全副武装。总之，这项行动可以测试他对参加革命的决心。"托洛茨基说过会很暴力。"伊奥斯不停地重复这句话，这很好地形容了工人阶级斗争的形式。小老鼠同意这个理论，但是实际上他从来没有拿过武器，连手枪都没有见过。他拿过的最有攻击性的物品就是切面包的刀——总共只用过两三次那把刀。

这时有人敲门，是他的母亲叫他吃晚饭。"我不想吃。"本杰明说，"我现在不饿。"她坚持说："来吃点儿，我的儿子，我知道你在为伊奥斯难过，但是你需要吃点东西。"

在母亲的再三坚持下，本杰明最后走出了房间。他和家人坐在餐桌旁，可是食不下咽。他的父母和兄弟不安地看着他，最后本杰明站起来说："对不起，我现在有点不舒服。"

他走进房间躺下。当然，他无法入眠，左右为难的想法继续折磨着他：去还是不去？抛弃自己朋友去完成任务，还是无视任务陪伴在朋友的身边？当他在纠结这个问题的时候，脑中突然浮现出父亲曾经讲过的关于附身鬼魂的故事，据说一个男人因为没有履行结婚诺言，鬼魂变成了游魂而无法得以安息。以前小老鼠总是觉得这个故事和犹太人的迷信很荒唐，但是现在不知为何，这个故事一直停留在脑中。最终，他好不容易睡着，却做了一个非常不安的梦，他梦到伊奥斯死了，灵魂进入他的体内。被鬼魂附身后，他在村中一边跑一边大喊，然而喊出来的不是犹太人的诅咒，而是口号："全世界的无产者团结起来！"

他惊醒，不知所措。以前他会把这种梦认为是毫无意义的、犹太迷信的幻想，但是现在他从梦中获得了一个清楚的信息：他有义务为了伊奥斯、为了荣耀和团结去完成任务。他起床看了一眼老旧的时钟：凌晨三点。所有人，包括他的父母和兄弟都还在睡梦中。他悄悄地穿上衣服，把仅有的几件衣服塞进家里破旧的纸箱内，拿起背包放入有作家信息的信封和《共产党宣言》，然后打开门离开了家。

小老鼠偷偷摸摸地穿过村庄的小路，随后就来到通往边境的大道。他快速行走，鼻子和耳朵因为凛冽的寒风而刺痛。突然间，在一片漆黑的大雾中出现光亮：太阳升起来了,这是一幅充满希望的画面,它好像打破了无形的屏障,仿佛砍断了过往恐惧已久的束缚。"我可以的,"他高呼道,"我一定能完成任务!"

但是他太乐观了,漫漫旅途才刚刚开始。一个驾着马车去赶集的农民带了他一程,其余路程则要靠他步行。在一个漆黑的夜晚,他抵达了标志着边境的河边。

他知道接下来该如何行动,所有切尔诺维斯基的居民都知道,因为大家都随时准备逃离村庄和祖国,所以他们都知道运送非法偷渡客的船夫。这种交通工具在当时战事激烈时非常普遍,因为每天都有大批的犹太人离开俄国。

小老鼠沿着沙质的河岸行走,直到看见一堆篝火。那里站着两个面露凶相的船夫,他们正在等待潜在的偷渡客,小老鼠此时也不能奢望有其他更好的条件,于是深吸一口气向船夫走去。他问坐到河对岸要多少钱,两个船夫扫视了他一眼,其中一个报了价格。不是个小数目,但是现在也不是讨价还价的时候,于是小老鼠接着问在哪里上船。

"先付钱。"船夫说道。

小老鼠从口袋里掏出一沓钱,在两个船夫的注视下一张一张地数,然后交到其中一个手里。"跟我来。"船夫说。他们一起来到河边,在芦苇丛中停靠着一艘独木舟。本杰明笨拙地爬上船,船夫坐在另一头,摇着桨向对岸驶去。河面上覆盖着浓浓的雾气,两人在船上都沉默无言,船夫没有看本杰明一眼,他也尽量不看船夫。

突然,船夫放下船桨。

"怎么了？"本杰明紧张地问。

"怎么，什么怎么了？"男人粗鲁地回答说，"我不能休息片刻吗，就因为你付我点钱，我要一刻不停地划桨吗？"

"但是现在的水流，"本杰明看着湍急的水面说，"水流在推着船往反方向走。"

"是的。"船夫露出阴险的笑容，"这条河河流湍急，它知道要把我们带向何方。有可能会把我们带去一个纳粹的集中营？谁知道呢，水流是很任性的。"

本杰明害怕得后背发凉。他不明白船夫想要什么，但是肯定不是什么好事。果然不出所料：

"我们也许可以回到正确的方向上。但是你知道少了什么吗？就少了一点钱，仅此而已。我刚才收你的那点钱太少了，年轻人。我觉得我需要一些卢布来帮助我恢复体力。嗯？明白了吗？"

这时本杰明明白了：这就是敲诈！其实这种行为非常普遍，这些船夫经常勒索难民，尤其是犹太难民。现在需要做的就是在多交一些钱来尽可能地减少损失。

但是本杰明没有这么做，因为一口怒气涌上心头。这就是伊奥斯以前所说的不平等，这就是压迫：强者使弱者屈服，再剥削压榨他们。他的常识劝他不要把事情复杂化，但是现在船夫的行为无关常识，这关系到反抗，甚至是革命。对，这就是一场革命，小型的革命，但是是什么形式的革命？是个人的革命，解放的斗争。于是本杰明一脸惨白地站起来，大力地迈出一步，小船随之剧烈地摇晃：

"划船！"

"什么？"船夫对眼前这个瘦小伙子的反常行为感到无比惊讶。而本杰明现在没有心思对话，他也不想协商，友好协商的阶段已经过去了，现在是真正斗争的时刻：

"我叫你划船！划船！"

"等一等。"船夫有点心虚地说道，"这船是我的，我说了算……"

"划船！划船！给我划船！"

船夫惊慌地看着紧握拳头的本杰明，在他愤怒的眼神中，船夫看到了即将爆发的怒火，一种长期被压抑的正义之愤怒。这种愤怒是无所畏惧的，是可以为之付出生命的，同时也是可以杀死别人的。

船夫虽然装得高傲自大，但是内心深处不过是个卑贱的男人；他欺负柔弱的犹太难民，但是在强大的力量面前又立刻原形毕露，尤其是面对表现出惊人力量的本杰明。于是船夫默默地拿起船桨，向河对岸划去，到岸后，他甚至帮助本杰明上岸。在本杰明转身离开前，船夫叫住他：

"我想问你一个问题。"

"问吧。"小老鼠心怀疑虑地看着他，不知道船夫又想出什么鬼主意。

"你是一个共产主义者吧？"

这个问题完全超出了本杰明的意料，他自己也从来没有想过这个问题，船夫的疑问让他欣喜若狂。他竟然被群

众认可,这就好像经历了火的洗礼。他笑着说:

"是的,同志。我是共产主义者。现在你知道共产主义者都是怎么样行动了吧,你知道未来将属于谁了吧?想想吧。和我们团结在一起,同志!你什么都不会失去,放下束缚你的过去。"

船夫疑惑地看着他,很显然他没有明白小老鼠在说什么,他叹了一口气,摇了摇头,回到船上。小老鼠也继续他的行程。

令人惊讶的是,指南在行程的各个阶段都起到了作用,小老鼠乘坐一列十分拥挤的列车(二等座)前往布拉格。战争让人们都不得不离开自己的家乡,被驱逐的人们从一个国家到另一个国家寻找避难所。

但是这样的情形对本杰明来说是有利的。在拥挤的人群中,他更不容易被发现。在列车经过的某几站,全副武装的士兵进入车厢内进行检查,但那只是例行公事,他们查了几名乘客的身份文件就离开了,儿童和瘦弱的小老鼠则被完全忽略。

但是这并没有让他感到放松,他觉得所有人都在监视他并窃窃私语:"那个就是托洛茨基的人,他正在执行一项危险的任务。"尤其是一个肥胖的、戴着墨镜坐在他不远处的男人让小老鼠感到坐立不安。为什么他戴着深色的眼镜?他一定是俄国或者德国特情局的人,而且那个男人一动不动冷漠地坐着,小老鼠感到很紧张,他甚至都想换一个座位。但是这个男人在离布拉格几百公里的一个车站就下车了，随后坐下的是一个步履蹒跚、拄着拐杖的女人。"她是个瞎子。"小老鼠舒了一口气，整个人松弛下来，在紧张和疲劳的作用下，他睡着了。

不一会儿他就做了一个梦，一个复杂动乱的梦。他在一个站满人的犹太会堂。突然，拉比向他走来，但是那个人不是拉比，而是托洛茨基，穿着祈祷披肩的托洛茨基在犹太会堂，这是什么情况？这时所有人都高声叫着向小老鼠跑来，在喊："骗子，骗子！"并把他向门外推去，而托洛茨基站在高高的讲道台上看着他。他不停地反抗并喊道："不要推我出去，我是和你们一起的，我是共产主义者……"

他被猛烈的摇晃摇醒了，是列车员：

"起来，小伙子。到站了。"

"什么？"

小老鼠感到有点晕眩，不知道列车员在讲什么。

"我们到布拉格了，布拉格！你的目的地不是这个城市吗？起来，赶快下车。"

小老鼠急忙从行李架上拿下行李，跑下车。他走出火车站，站在布拉格的土地上，看着满城的灯火而目瞪口呆，现在是晚上十点，但是灯光照亮城市的每个角落。人群、汽车、有轨电车还有高楼大厦，对于一个从未出过村子的人来说，这一切令人晕眩甚至使人害怕。小老鼠感到害怕，同时又觉得欣喜。无论怎样，他克服了所有的困难，成功抵达了目的地。现在无论是什么样的任务，他都可以完成。很快他又可以回到自己的家乡，他都已经想好怎么跟伊奥斯说："伊奥斯同志，我没有辜负你对我的信任。"另外，他也相信伊奥斯有一天会骄傲地向托洛茨基引荐他："托洛茨基同志，这位是本杰明，我伟大的伙伴，最前线的革命者，无论任务有多艰巨，他都可以完成。"

车站旅馆离火车站并不远，他踩着初雪步行前去。他迫不及待地想去目的地，那是一个狭小破落的旅馆，门梁上滴着水。整个旅馆十分压抑，但是小老鼠也不是来寻求舒服的游客，他是身怀使命的人。他走进门厅，里面有一个肥胖、秃顶、左眼上蒙着一块黑布的男人，这个男人警惕地看着小老鼠。

"你要做什么？"他用德语问。

他傲慢的语气让小老鼠感到有点惊慌。

"我刚到这里……我有个预订的房间……"

"预定？"男人不耐烦地打开一本黑色封面的册子，"用什么名字登记的，你知道吗？"

小老鼠迟疑了一下："伊奥斯。伊奥斯·皮热尔曼。"

"伊奥斯·皮热尔曼……有这么个人，你预订了一个星期的房间，费用得预先支付。"

小老鼠从口袋里掏出钱数了一遍，男人接过钱后又数了一遍，确认无误后给了他一把钥匙和一条破烂的毛巾。

"房间在三楼，楼梯在那里。"

小老鼠谢过后准备上楼，但是男人叫住了他，警告说：

"我不想惹麻烦,懂吗?不管发生什么事,我什么都不知道。"

这话让小老鼠感到一丝好奇,难道这个男人知道他的任务?如果知道的话,他扮演的又是什么角色?但是现在还不是问他的时候。于是小老鼠拿起行李走上楼。

房间狭小肮脏,刚一打开门,一只小老鼠从地板上快速跑过。屋内异常寒冷,只有一张床、一个积满灰尘的柜子、一个脸盆和一个有裂纹的镜子,但这就足够了。尽管小老鼠很疲惫,他还是决定立刻开展工作,先和那位作家取得联系。

就在这时,他发现,他的背包不在身边。

那个装有《共产党宣言》和信封的背包不在身边!他赶快看了一遍四周,都没有背包的踪影。他用颤动的手打开行李箱:难道把背包塞进行李箱了?但是没有,行李箱中只有衣服。

他满脸惨白,一屁股坐在床上。"我竟然丢了背包!"他的第一反应是愤怒,对自己的愤怒。竟然丢了背包,笨蛋,愚蠢至极!

他深吸了一口气,"我要控制住自己,现在最重要的就是保持冷静。"他对自己说。他需要仔细回忆一下最后的行程,他努力地在脑海中搜索可能把背包遗忘的地方。第一个浮现在脑中的地点就是旅馆的柜台。他立刻匆匆下楼,那个男人正在看报纸。

"我的背包!"他叫道,"我的背包在哪里?"

男人一头雾水,首先是因为他的口音,其次是他激动的行为。最后,他终于明白了小老鼠的问题:

"背包?我不知道。你没有把背包落在这里。谁知道你是不是把它落在火车上了。"

火车上。当然了,肯定是落在火车上了。当时他被突然叫醒,晕晕乎乎地匆忙下车,肯定是那个时候忘了拿上背包。

他冒着鹅毛大雪跑向火车站,嘴里不停地祈祷:神啊,求火车还没有开走,求火车一定没有开走。

走进车站,他径直跑向站台。

站内没有一列火车,站台上也没有任何乘客,只有一个工作人员在清扫垃圾,于是小老鼠走向他,问火车离开多久了。

"刚开走不久。"男人没有看他一眼,说道,"走了半个小时左右。"

"我的背包呢?"小老鼠颤抖地问,差点哭出来。

男人不知道他在说什么,于是小老鼠把事情经过解释了一遍。男人挠了挠头说,车站里有一个失物招领处,小老鼠可以去那里了解一下,但是找回背包的可能性微乎其微。小老鼠立刻跑到失物招领处,"没有,清洁人员没有捡到什么背包。"柜台的女孩虽然登记下小老鼠的旅店名称,但还是提醒他道:"背包应该是丢失了。以前火车站就很混乱,现在再加上战争,更混乱了。"

本杰明泄气地回到旅馆。

"找到背包了吗？"柜台的男人带着嘲笑的语气问他。

"没有。"本杰明低声嘟囔说，"没有找到。"

他走上楼，关上房门，衣服也没脱就倒在床上，号啕痛哭。灾难啊灾难，还没有开始任务，就犯下如此巨大的错误。而且伊奥斯还这么相信他，可怜的伊奥斯。

他一直哭，直到筋疲力尽地睡着了。

第二天早上，他带着头疼和饥饿醒来，决定出去找点吃的填饱肚子。他需要思考接下来怎么做，或许出去走走能遇到什么。小老鼠走下楼，在门口看到正在看报纸的旅馆老板，他放下报纸问道：

"怎么样？你的背包找到了？"

小老鼠说没有。男人满怀疑虑地看着他，说：

"我不得不提醒你，你预付了一周的房租，就只有一周。现在还剩下六天，六天后你就得睡到路上去。"

小老鼠没有回答他就走出了旅馆。他走进对面一家烟雾缭绕的小咖啡馆。他一边咀嚼着干硬的面包，一边努力理清思绪，并计划下一步。

首先，不能再浪费时间去找那个背包了，否则会花费数天，而且结果可能是一无所获。

其次，需要找到传递任务的那个人。虽然不知道具体是谁，但是至少知道他是一个左翼犹太作家。这些信息应该有助于完成任务，因为即使在像布拉格这样的大城市，符合上述条件的人还是有限的。他现在需要的就是有人给他指明如何知道有哪些左翼犹太作家。

谁呢？直到现在，他只认识旅馆老板。或许那个男人知道些什么，那个旅馆也许就是托洛茨基追随者的根据地。但是这个有着反动分子气息的男人也不像是托洛茨基的人。有可能这是他的伪装，伪装得非常成功；或许他正是托洛茨基用来考验这个新来的犹太人的。怀揣着这些疑虑，小老鼠决定不向那个男人提及任何有关任务的话题，否则就像承认了自己的失败，现在说失败还为时过早。在尝试了所有的可能性后，他才会向旅馆老板求救，在此之前，他想尝试其他的信息渠道。

或许尝试一下作家协会？不，作家协会不可行。因为谁也不认识，他不可以直接去问："听着，朋友，我在找一个左翼犹太作家。"这样只会引起怀疑。不可以，他必须找到另外的方法。

小老鼠喝完咖啡，付完钱就离开了。他漫无目的地在老城区狭窄的街道上闲逛，这里给他一种熟悉的感觉，一些地方甚至还有希伯来人的痕迹。接着他来到布拉格犹太区的梅瑟路，面前就是著名的老犹太会堂，一幢巨大阴沉的建筑，主门敞开着。本杰明进入会堂，里面空无一人。他看着空荡荡的大堂、古老的排椅和放置着《摩西五经》的柜子。

"你在找什么东西吗？"

小老鼠转过身，他面前站着一个上了年岁的老人，老人穿着黑色的斗篷，还滑稽地眨了下小眼睛：

"我是斯差米斯。"他自我介绍说，"是这个犹太会堂的看门人,我可以帮助你吗?"

"我就是看看。"小老鼠用意第绪语回答道,这让老人感到惊喜。

"随时静候您的吩咐。"老人也用意第绪语回答说,"我看护这个犹太教堂,同时也向来自世界各地的参观者介绍这里。这对我来说,"他骄傲地补充道,"不是任何问题。我能流利地说八种语言:德语、英语、法语、西班牙语、意大利语……"他眨了一下眼睛,"但是我最喜欢的还是意第绪语,因为这是我母亲的语言,她用这门语言唱着歌哄我入睡,这些事情我永生难忘,虽然已经是很久以前的事了,但是依然印刻在我的脑海中。"

他停顿了片刻,一动不动,眼神有些恍惚。然后他回过神看着参观者:

"你呢,你来自哪里?俄国还是波兰?"

小老鼠迟疑了一下。可以相信这个老人吗?最后他决定冒险讲出事实,或者是一部分事实。他说自己来自切尔诺维斯基村庄,因为工作来到布拉格。

"切尔诺维斯基。"老人知道这个村庄,他甚至还有些朋友住在那里。他接着说:

"来,我来给你介绍下这个犹太会堂的故事。"

他拉着小老鼠的手臂,带他来到前廊。"这里,"他说,"埋葬着魔像。"他解释说魔像是由拉比控制用来保护犹太人、抵抗外敌的巨人。"但是,他最后背叛了自己的主人,于是被消灭,现在就埋在这里。"

他还讲了其他几个故事，最后停下来，显然他是在等待小老鼠的小费。

本杰明身上只有一点儿钱。但是说不定在给了老人一点小恩惠后，他会提供一些有用的信息。于是本杰明掏出钱，给了老人一些硬币。老人数了下钱，看表情显然不是很满意，他以前收到的小费要远远多于这些硬币。他把硬币装入钱袋，问小老鼠还需要什么吗。这只是礼节性的询问，但是小老鼠得抓住任何可以利用的机会。"是的，我需要帮助，我正在找一些犹太作家（他不敢提左翼），您能给我些指点吗？"

"犹太作家？"老人好奇地问，"为什么你要找犹太作家？"

"因为我也是个作家。"小老鼠撒了个谎，"我想和他们交流下想法。"

"这样……"老人思考了片刻。"在布拉格的犹太作家，我不认识几个。你知道的，这类人都不怎么来这儿的。但是有两个作家有的时候会出现在这里，我想他们是来寻找灵感的。他们两个是好朋友。一个叫马克斯·布洛德，是个很善良的人，另外一个叫弗兰茨·卡夫卡，他有点奇怪……"

奇怪。这个词给小老鼠带来了希望。

"奇怪？为什么你说他奇怪呢？"

"因为很多原因。"斯差米斯皱着眉头，显然不是很乐意提及这个人，"他是一个内向的男人，话很少。和家里有矛盾，尤其和他做大生意但是又很粗鲁的父亲有冲突。总之，这个卡夫卡很反叛。"

反叛。这有点意思。在反叛背后可能是革命。在反叛背后肯定是革命！改变社会中不好的现象，不接受现有的让人感觉不舒服的事物……还有他的名字，卡夫卡，这听着像个革命者的名字：其中有两个k，就像托洛茨基这个名字中也有两个t。这都是一种暗示，难道不是吗？

"我在哪里可以遇到弗兰茨·卡夫卡？"

"他住的地方，我太清楚他住哪儿了。听说他在老城区有个办公室，在布拉格城堡后的炼金术师路上，很古老的小房子里。"

在布拉格城堡后的炼金术师路上？小老鼠觉得这个地址对于一个共产主义作家来说有些奇怪。根据他的印象，炼金术师是那些想把金属转变成金子的人，他们都是投机商，而且还是最坏的那类，总是把魔法和投机、资本主义和迷信混淆在一起。还有为什么住在城堡后面？这是贵族们现在或者过去的象征，也是不平等的标志。

也许这是他故意选择的地点，这个路名和城堡的景色可能给予卡夫卡某种灵感，激起他对革命的热情。

"你看上去也像个革命者。"老人盯着他说，好像看穿了他似的。

"我？"小老鼠努力地掩饰内心的紧张，"我是世界上最与世无争的人，怎么可能会是革命者？胡说八道，你怎么会有这种想法？"

老人笑了："我的朋友，生活教会了我怎么看人。你是一个不会撒谎的人。"他靠近小老鼠压低声音说："你别骗我了，小伙子。你根本就不是什么作家，你正在被卷入一个大麻烦之中。我不知道是什么，但是我给你个忠告：回到你的村庄，把这里的一切都忘掉。你知道一个有关拉比来布拉格寻找宝藏的故事吗？"

小老鼠没听说过这个故事，于是老人娓娓道来：波兰一个村庄的拉比有一天晚上梦到在布拉格某座桥下埋藏着宝藏。梦境是如此的令人印象深刻，他觉得这就是一个真实的预示。于是，他告别了家人动身前往布拉格。他到达后找到梦中出现的那座桥，然后在桥下挖掘。一个警卫经过看到他，问他正在做什么。拉比没有认出警卫，于是就给他讲述了自己的梦境。警卫笑了："梦！谁还相信梦呀？昨天晚上我还梦到波兰一个村庄的拉比家中的火炉下面藏着宝藏。简直就是胡说八道。"拉比听后，立刻赶回家中，在火炉下面真的挖出了宝藏。

老人停顿了下总结说：

"你就像故事中的拉比，你还是回家吧，回去你就会找到所有问题的答案。回家吧，小伙子，遵循你父母的忠告。精神的宁静才是无价的财富。"

他又停下来。

"你会这么做吗？"

"不会。"小老鼠干巴巴地回答。

老人叹了一口气。

"我就知道你不会听我的劝告。这一点上你和卡夫卡很像。当我告诉他魔像的故事时,也给了他一个忠告:不要制造无法控制的事。小说就是如此,超出掌控。你开始写,开始创作,谁知道你会写出什么?再说,其他的书有什么意义?最重要的书就是《摩西五经》。因为《摩西五经》……"

"那卡夫卡呢?"小老鼠打断他,"他说了什么?"

"什么也没说。他肯定觉得我不过就是一个靠讲故事赚小费的老人。但是我这个呆傻的老人比你们年轻人知道的多得多。"

他停顿片刻,这明显是略带悲伤的停顿。最后,他用令人厌恶的表情看着小老鼠:

"说到宝藏和小费,你是不是可以多给一点?我在你身上花的时间比别的游客都多。"

这让小老鼠有点儿措手不及,但是他没有勇气拒绝。于是又从口袋里掏出一些硬币给老人,但是老人好似受到侮辱,看着小老鼠说:

"就这么点?我给你讲了这么多故事和忠告,就值这些?"

小老鼠解释说他身上没有钱,因为一路上的开销很大,所以他必须精打细算。

"陈腔滥调。"老人尖锐地说,"永远都是什么缺钱、危机、战争这类的借口。真正承受损失的人是我。我活该,我活该是因为我傻。我从来没想过要去学习,我更喜欢当会堂的看门人。你知道为什么吗？因为我喜欢这个地方，我喜欢给游客讲述有关魔像的故事。但这只给我带来一点点的回报。人们来到这里，听我讲故事，等到要掏钱的时候却只有道歉。你听过一个叫弗洛伊德的人吗？"

小老鼠不知道他说的是谁。

"他也像我一样，听故事和讲故事。但是他要价很高，因为他是博士，可我从来没有读过书。假如我能早点儿意识到这一点，我也成富翁了。你不觉得吗？"

"不，我不觉得。"小老鼠突然愤怒了，"我也不觉得金钱这么重要。"

接下去他便刹不住车了，发表自己的想法："我不明白这个不平等的社会有什么意义，富人们的日子就要结束了，当他们意识到这一点时，将为时已晚。"老人皱着眉头看着他说：

"还好起初我就怀疑你。你肯定是附近疯狂的革命者之一，像那个杀死大公爵又挑起战争的卡维罗·普林西比。但是我就只有一个疑问：你为什么来这个会堂？这里不是你们疯子待的地方。你最好离开这里。"

当小老鼠意识到刚才说了什么时，不禁吓了一跳。与其和这个并无恶意的老人争执，还不如请求他给予一些小帮助。于是他强挤出微笑并道歉："我刚经历了漫长的旅程，现在还很累，所以有些紧张，希望你能原谅我。"

"我可以原谅，这没有什么大不了。"老人说道，"但是，假如你想听我的建议，那就是忍。不要多说，避免争斗。"

小老鼠和他告别后离开了。在路上,他问一个老犹太女人炼金术师路在哪里。女人听到他讲意第绪语后也非常激动,因为在布拉格,犹太人已经忘了自己的语言,于是她主动带小老鼠去炼金术师路。

那条路建造得非常奇怪,狭窄的道路沿着老城区的城墙蜿蜒,依墙建了一排带烟囱的房子。"房子"这个词来描述那排矮小的建筑都有点儿夸张,因为房门的高度都不超过一米六,建筑面积最多六平方米。怎么会有人能忍受住在这里,小老鼠自言自语。他村子里的房子也很小,但是和这里的相比那是宽敞太多。卡夫卡肯定是一个奇怪的人。

但是他会住在哪间房子里呢?他毫无头绪,于是随意选择了一户轻敲房门。一个高大魁梧、戴着厚重眼镜的男人打开门,粗鲁地问他要做什么。"你是弗兰茨·卡夫卡吗?"小老鼠问道。男人放声大笑说:

"弗兰茨·卡夫卡,我?怎么可能。我是一个伟大的作家,而卡夫卡还不入流,他自己都不知道自己在写什么。我才不是什么弗兰茨·卡夫卡。他家在路的那头,门牌号是22号。"

他停顿了一下,接着说:

"你现在去是遇不到他的。这个时间他正在工作呢。他有个工作,你不知道吧?做一些很官僚的事,你知道为什么吗?因为他没办法靠文学生活。那是当然了:没有人懂他写的东西。其中有个故事好像叫《变形记》，讲一个男人变成了一个昆虫。你看过这么荒唐的故事吗？假如是儿童读物倒也可以理解，但是不是，这是给成年人写的故事，朦胧晦涩的故事。我知道你没有问我他的情况，但是同样身为作家，我必须给你个警告：小心那个卡夫卡。他完全不是你想象中的那种人。"

小老鼠惊讶地听完，忧心忡忡，因为这个卡夫卡的形象和他预期的截然相反。他认为革命者可以创作文学，但是文学应该是作为一把利剑，让人们起来反抗。但是，一个男人变成了昆虫，这是什么故事？难道弗兰茨·卡夫卡不是他要找的那个作家？尽管满怀疑虑，小老鼠还是决定尝试联系一下卡夫卡，他不能在这里等到晚上。

"您知道他在哪里工作吗？"

男人带着苦涩的表情看着他：

"我看我的忠告完全不起作用。你还是要去找那个卡夫卡。我本来想请你进来，跟你谈一谈我的文学，甚至送你一本我的书，我花了毕生的积蓄，打印出版了我的书。但是，你要找的是卡夫卡，卡夫卡！"

他控制了下自己的情绪，挤出一丝微笑：

"好吧，我给你地址，不过以后别怪我没有提醒你。"

弗兰茨·卡夫卡在工人事故保险局工作，于是小老鼠前往那里。那是一栋带有新古典主义风格的高楼，这让小老鼠感到更加疑惑。的确，作为一名革命者，确实需要和工人打交道，但是不是在这样的楼里，这里明显代表了压迫工人阶级的官僚主义。有可能卡夫卡是想更深入了解敌方，或者他和受伤的工人亲密接触后，来确定哪些可以成为工人革命者，然后把他们拉入党内。虽然工厂里没有武装力量，但是没有什么可以阻止工人（无论是左翼还是右翼）拿起石头或者手榴弹反抗。

投机取巧的资本主义马上就要结束了。小老鼠马上就可以确认卡夫卡是不是他要找的那个人。假如是的话，那么他工作和生活的地方、他创造的文学和其他的一切就都不重要了。

小老鼠走进大楼，前往传达室。

"我找弗兰茨·卡夫卡。"他对一个站在传达室的女人说。

女人高傲地看着他，推了一下鼻子上的眼镜：

"弗兰茨·卡夫卡博士，你说的是他？"

"什么？"小老鼠没有听明白。

"博士。"女人强调了一下，"博士。他是个律师，你不知道吗？对于律师，我们都用博士这个尊称。"她摇了摇头，"你们不会懂。卡夫卡博士的办公室在五楼，但是你有预约吗？"

没有，小老鼠当然不知道要预约。

"那么，"女人略显得意地说，"你不能进去。没有预约，不可入内。"

小老鼠不停地恳求："我有话跟卡夫卡博士说，很快的，不到一分钟。"女人像石头一样坚定地摇着头："只有预约的人才能进。我们这是政府机构，不是什么菜市场。"

小老鼠开始绝望地哭泣。他努力不让眼泪落下，但是泪珠还是不听话地滚落。女人面无表情地看着他，好像她早已习惯了这种场景，最后她还是心软了，对小老鼠说：

"听着，我不能让你上楼。不过我可以给你电话。假如真像你说的内容很简短的话，有可能通过电话解决。"

接着她拿来一张纸，在上面快速写下一个电话号码，塞给了小老鼠：

"给你。但是不要跟任何人说。我本来是不能给你这个号码的，现在给你是因为……"

为什么？难道因为猜想他是理想主义者，一个为更美好世界奋斗的战士？小老鼠还没听完女人的解释，拿过纸条，感谢后就迅速地离开了。

他准备回旅馆打电话，马上又改变了主意。他不想在接待处秃顶又不怀好意的老板监视下打电话。最好还是在这附近打电话。于是他扫视周围，在街角他看到一个药店，于是过去请求使用一下电话，可是他又遇到另外一个问题。

小老鼠不知道怎么打电话。他从来没有用过电话，他的村庄里没有这个东西。他觉得应该不难，但是又完全不知道怎么使用。最后他决定向戴着眼镜穿着大褂的瘦药剂师请教。药剂师又惊讶又觉得可笑。为了避免在通话中忘记，他在纸条上写下要说的话——那句暗号。接着他拨了一串电话号码，接通了：

"我是弗兰茨·卡夫卡。"电话中传来一个中性的声音。

小老鼠激动地握着听筒,纸条滑落到地上。他赶快捡起,双手还是不停地颤抖,无法看清纸条上的字。最后,他终于小声地说道:

"我负责接收文本。"

"什么?"听语调,卡夫卡应该是没有听清他在说什么。

"我负责接收文本。"小老鼠又重复了一次,心跳剧烈。

"文本,我知道了。"他停顿了一下,"你的名字是?"

"伊奥斯。"

"伊奥斯,你住在哪里?伊奥斯。"

"我住在车站旅馆。你知道在哪儿吗?"

"我知道。今天我就把东西交给你。"

结束了简短又果断的对话,小老鼠挂了电话。可以肯定,弗兰茨·卡夫卡真的是他要找的那个作家,他为自己的聪明感到骄傲。尽管丢了装有信封的背包,但是最终还是弥补了错误,他现在又重新燃起了完成任务的信心。他回到旅馆,旅馆老板还在那里,用一只眼睛嘲笑地看着他:

"啊,这不是我的住客吗,你散步回来了,怎么样?喜欢布拉格吗?"

这个问题听上去无关紧要,是不是包含着什么陷阱?这个男人像一个谜,甚至是个令人不快和危险的谜。小老鼠决定敷衍这个问题,于是他礼貌地回答后便走上楼。在回旅馆的路上他买了面包和肉肠,到房间里他自己做了一个三明治。如果他父亲知道他爱吃肉肠会十分难过的,因为这是有信仰的犹太人禁止吃的食物,不过肉肠让小老鼠感到快乐。

填饱了肚子后,他躺倒在床上。虽然只是下午五点,但是夜幕已经笼罩整个城市,这是一个伴有暴风雪的漆黑夜晚。尽管小老鼠疲劳至极,但是他无法入眠,一想到明天将收到信息他就睡意全无。或者可以看点东西来帮助睡眠,但是那本他最近翻看的《共产党宣言》跟着背包弄丢了。"一个幽灵在欧洲游荡。"他小声地背,"一个共产主义的幽灵。"他能背下宣言开头几页的内容,但是这还是让他感到少了点什么,因为他总是在睡前读这本书。他突然想读弗兰茨·卡夫卡的文章,看看是不是有共产主义的精神。但是男人变成了昆虫……小老鼠不确定自己会不会喜欢这类故事。他想着想着,渐渐睡着了。

小老鼠突然惊醒:已经八点了!怎么睡了这么久?他赶快穿上衣服下楼。旅馆老板在大厅看报纸。小老鼠迟疑了片刻,问有没有谁给他留了封信。

"没有。"男人干巴巴地回答,连眼睛都没有从报纸上移开。

除了等待没有其他选择。小老鼠决定出去吃点东西,这将是困难的一天,所以必须填饱肚子。出门后他走进了一家小咖啡馆,要了一大份早餐:大杯黑咖啡加少许牛奶,

大个涂满黄油的面包。吃完后,他回到旅馆。这时,旅馆老板好像收到了给他的东西:

"刚刚有人留了这个东西给你。"

小老鼠立刻跑去拿起写有伊奥斯名字的信封。里面有他期盼已久的信息。不,信封里包含的是他的未来,他的命运。

他再一次强忍住内心的激动,努力表现出一副漠不关心甚至不耐烦的神情,然后就上楼了,但是他还是紧张得无法把钥匙准确地插进锁孔。最后,他终于打开了门,立刻关上门并反锁,一下子坐在床上。

小老鼠仔细观察了一遍信封,完好地密封着,他毫无困难地打开了信封。里面只有一张信纸,上面用德文写着几行字,还有弗兰茨·卡夫卡的签名落款:

Leoparden in Tempel

Leoparden brechen in den Tempel ein und saufen die Opferkrüge leer; das wiederholt sich immer wieder; schlieslich kann man es vorausberechnen, und es wird ein Teil der Zeremonie.

小老鼠读了不下十遍,但是越读越感到绝望。

起初,他完全读不懂,他入门级的德语还无法应对这些句子。他唯一能读懂的就是标题"圣殿里的豹",但是连这个标题也十分晦涩难懂。

现在怎么办？他丢了用来破译暗号的纸，他只能自己选择或者加上一些单词，但是都无法解读这段话隐藏的意思。这都是因为他不可理喻的粗心和无能。

他站在有裂缝的镜子前，看着镜中的自己，深呼吸。"冷静。"他对自己说，努力让自己恢复平静，找回理智。

小老鼠决定分几个步骤来解决问题。第一步是什么？看懂纸上德文的意思。有可能从文中的内容可以找到目标。但是他的德文用来阅读文学远远不够。所以得找人把它翻译成俄语，或者最好是意第绪语。但是谁可以呢？

会堂的那个老人！他不是自称精通多国语言嘛，有可能找他翻译需要花些钱，但这绝对值得。他决定立刻去找他。去之前，他在另一张纸上把内容抄了一遍。他不能给任何人看原件，只因为一个简单的原因：原件上有卡夫卡的亲笔签名。这太大意了，这只能用作家的虚荣心来解释，签名在资产阶级作家中非常普遍。弗兰茨博士有可能跟小老鼠一样，也是一个新手，还需要对革命的低调加以学习。

当他来到老犹太会堂的时候，那个老人正在门廊处为一群美国游客用英文讲解，他非常详细地给他们讲述魔像的来龙去脉。小老鼠只能在一旁耐心地等他讲完。

老人在结束讲解后，获得了游客的感谢和一笔慷慨的小费，接着他转向小老鼠，嘲讽地说：

"你？什么风把你又吹来了？"

"我想请你帮个忙。我需要你帮我把一个东西翻译成意第绪语。"

"我不是翻译。"老人说。

"我知道你不是。但是你精通多国语言。我刚才还看到你给游客用英语介绍魔像。"

"好吧。"老人叹了一口气,"但愿这文件不是很长。"

"不长。"小老鼠从口袋里掏出信纸向老人展开,"只有几行字而已。"

老人看了一遍后,又重读了几次。

"这东西很奇怪。"他好奇地问,"这是什么?脑筋急转弯还是谜语?"

"对。"小老鼠说,"就是谜语。它很值钱,我和旅馆的一个住户打了个赌,他说今天谁都不可能猜出这纸条上的意思,我觉得这是个挑战,就下赌注来解开这个谜语。你知道的,我们犹太人酷爱玩猜谜游戏。"

老人笑了:

"确实。我可以帮你,但是有个条件:假如你赢了这个赌,我要获得我应有的部分。"

老人用意第绪语解释:几只豹子闯进圣殿,把圣杯中的液体一饮而尽;长此以往,这变成了一种习惯,也随之成为了仪式的一部分。

"然后呢?"老人问道,"你知道这是什么意思吗?"

"不知道。"小老鼠说,"你知道吗?"

"我?你当我是谁,假如我像拉比那样精通《犹太全书》的所有注释,我有可能帮到你。但是破译这种晦涩难懂的谜语,只能找精通《犹太全书》的大师,而我只是个看门人。虽然我懂多门外语,但是我知道我的极限和能力。你要去找有能力解读这个的人。"

"谁呢?"

"不知道。"老人说,随后又半开玩笑地补充道,"弗洛伊德可能会给你点帮助。他可以解析梦境,也可能解释这个,这好像是一个噩梦的概要。"

接着他笑了:

"只是弗洛伊德住得很远,在维也纳。老实说,我真的不知道谁能帮助你。"

"好吧。"小老鼠叹了一口气,"不管怎么样,我还是很感谢你。"

然后他给了老人一些纸币,但是老人拒绝了:

"不,你不欠我任何东西。我只是帮助你而已。"

小老鼠再次感谢后向他告别。

"常来。"老人说,"但是不要再给我猜这些谜语了。"

小老鼠回到旅馆。在门口,老板向他讥笑:

"你一脸忧心忡忡,看上去你解决不了你的问题。"然后他收起表情说,"记住,你还剩下六天,日子过得可是很快的。"

小老鼠走上楼,进入房间关上门。他决定不能被沮丧击垮。无论怎样,他已经完成了很多步骤:到达布拉格和收到信息。既然丢失了用于解码的代码,那就努力靠自己来发掘这个代码。

他从包里拿出本子和一支铅笔,用意第绪语把老人先前翻译的内容写下,又读了几遍。接着他拿来卡夫卡手写的内容进行比较,直到确定理解了德语写的每一个字。

(完全懂了?有可能吧。但是卡夫卡写得太复杂了。假如可以的话,小老鼠想拿起电话向他投诉:"卡夫卡同志,我不懂你写的是什么。很抱歉,但是我确实不懂。有可能你的文学代表了一个新台阶,一个大部分人无法抵达的高度。但是同志,请允许我向你提问:难道革命是人们掌握范畴之外的东西吗?以我为例,我不是知识分子,我只是一个来自小村庄的朴素的犹太人,我相信革命是改变人民生活的手段,难道我没有权利要求文章告诉我什么,给我传递进步的思想吗?同志,来自农村的小犹太人也是人,我们也需要书本和阅读,所以下次再写《圣殿里的豹》这类文章时,请考虑一下我们。")

但是现在怎么办呢?假如背包没有丢的话,就可以把解码的纸放在《圣殿里的豹》上,在卡夫卡写的这张纸上就会出现需要的单词,组成一个完整的信息。但是现在没有解码的纸,该如何是好呢?

一个出发点就是分析关键词,尤其是那些有可能和革命有关的单词。动词在这里行不通,比如"闯"这个词不能说明任何问题,去哪里闯,什么时候闯,怎么闯,为什么闯?小老鼠喜欢这个单词,因为这个词让他觉得很勇猛,像革命一般;可是他不得不承认的是这个词单独存在的时候没有任何意思。无论是带有进步党意味的"闯"字,还是极端保守主义者常用的"重复"一词，都没有特别的含义。相对于形容词来说，最好重点分析名词，而且是有实际意义的名词。

小老鼠思考了许久，在"豹""圣殿""圣杯"和"仪式"下画了重点线。

先从"豹"这个词开始。

小老鼠从来没有见过豹，也没有见过老虎、狮子或者其他凶猛的动物。在他的村庄经常会提到狼，因为时而有狼出没咬伤村民，不过他也没有见过狼。他对于猛兽的概念仅仅停留在一本古老的俄语插图童话书《非洲之旅》。里面的一些关于野生动物的图画还印在他的脑中，但是哪个是豹呢？豹应该没有鬃毛，有鬃毛的是狮子。也不应该是黑色的，黑色的是美洲豹。

但是识别豹是次要任务，首要任务是发现豹和革命活动有何种关系。小老鼠不知道答案。难道是要攻击豹吗？在哪里，难道在布拉格的动物园？为什么呢，托洛茨基为什么要攻击豹？

大概这有象征意义，豹是一种猛兽。而资本主义者在贪婪牟利和剥削无产阶级时也像猛兽般凶狠。杀死动物园里的豹这一行为是对布拉格的资本主义者表明他们的最终下场。但是，小老鼠又理智地想到，工人阶级在提出要求和罢工的时候也很凶狠。怎么区分资本主义者和工人阶级、进步主义者和极端保守主义者之间的凶狠呢？或者是想通过一只死豹来传递为权力牺牲的信息？

或者这不是指真实的豹。"圣殿里的豹"有可能是一个群体的代号,虽然这个名称很不寻常,但是作为托洛茨基在布拉格的追随者和革命的活动者,他们的名字难道不应该不寻常吗?卡夫卡写道他们闯进圣殿,这肯定就是指革命。但是后面的内容就让人有点匪夷所思,为什么豹子闯入圣殿却不摧毁它,也不驱赶里面的信众、神甫、牧师或者拉比,而是去喝圣杯中的液体。为什么要这么做?这也不像是对酒精的辩护,因为卡夫卡并没有明确说明杯中的液体是什么物质。这个行为代表了什么?难道这些猛兽是被训练来保护神职人员及其权利的?这样的话,豹难道是右派武装人员的代名词吗?

就算承认豹是代表革命者,还有其他令人疑惑的部分:最后一句话。按照卡夫卡的描述,猛兽的入侵变得可预测。可是,一个革命者的行动可以被预测吗?革命的最大特征难道不就是挑战权力的不可预测性吗?难道豹也被官僚化,就像卡夫卡在政府机关任职一样?入侵变得可预测,并成为仪式中的一部分。这意味着对官僚价值的认同和选择吗?或者,卡夫卡认为,这些动物和政府联盟?联盟是一个危险的概念。伊奥斯说过,联盟的政府只是短暂的,而且只有当革命党不放弃自己的原则,为了共同面对强敌时才可能发生。随后,革命者必须摆脱这些联盟政府,包括发动起义来推翻他们。

总之,这里的豹是具有争议的动物。那应该怎么定义它们呢?这时小老鼠想象假设人民法院对豹子进行审判,他是起诉人、辩护律师和大法官。辩护对决中，原告和被告针锋相对。突然间真相浮出水面，而作为法官的他做出最后判决：卡夫卡文章里的那些豹子是具有特别侵略性的掠食者，它们甚至可以摧毁传统价值。什么类型的掠食者呢？资产阶级掠食者。对于这点，《共产党宣言》写得非常清楚：资本主义把一切封建的、宗法的和田园般的关系都破坏了；它把宗教虔诚、骑士热忱、小市民感伤这些神圣情感淹没在利己盘算的冰水之中；资产阶级创造了完全不同于埃及金字塔、罗马输水道和哥特式教堂的奇迹；资本主义搅乱了整个世界。所以最后的结论是：这篇内容是以《共产党宣言》为基础作出的比喻，没有叫小老鼠去寻找一群代号为豹子的人，也不是让他去杀死豹子，如果确实要解码包含的信息，豹子应该是引用参考。但是是对于什么的引用参考呢？这是小老鼠以后要发掘的。现在，他可以研究下一个单词了。

接着是"圣殿"，这个单词更加具体。任何一个圣殿，无论对于天主教、基督教、佛教还是犹太教，都是进行宗教活动的地点。马克思曾经说过，宗教是人民的鸦片，这样进攻一个圣殿可以解释得通，为什么是一个在布拉格的圣殿？就宗教地位而言，布拉格不及罗马和耶路撒冷重要。有可能在布拉格众多的教堂里，有一个格外重要。是哪个教堂呢，为什么如此重要？这个需要解释。圣杯这个器具也需要解释。假如是在天主教堂，圣杯应该是指弥撒中使用的圣餐杯。小老鼠知道圣餐杯是用黄金或者白银制成，上面还镶嵌着各种宝石，个个价值不菲，而经费正是革命者最缺乏的东西。难道是说占有这些圣餐杯？（因为是革命目的，所以"盗取"似乎不是一个合适的词）。也许吧，可能是说团结力量来争取物质。

还剩下"仪式"这个词。难道说革命行动会干扰或者中断仪式？但是又是什么仪式呢，在哪里进行这个仪式呢？仍有很多疑问。可以假设是文中提到的圣殿里的场景。至少这样可以简化搜索。

圣殿应该是指一座教堂。其他类型的圣殿无法说明是革命行动。比如在老犹太会堂中可以做什么呢？劫持看门的老人？占领魔像的坟墓？简直就是胡扯。假如目标是一个教堂，那应该是什么样的教堂呢？必须在布拉格做一个调查，或者可以寻求旅游办事处或者宗教机构协助。

小老鼠感到一阵接一阵的饥饿，他一整个下午都在思考这几个单词，胃里早已空空如也。于是他决定下楼去找些吃的。

路上他经过一个报刊亭。其中有份名叫《人民权利》的期刊，封面是一群工人的游行画面：工人们紧握拳头排成队列。小老鼠问报刊亭老板这份报纸是哪里出版的。"社会党下面的一个机构。"老板回答说。

社会党，这给了小老鼠灵感。他不是很喜欢社会民主党，伊奥斯曾轻蔑地说他们是循规蹈矩的革命者，但是可以肯定的是他们都憎恶右派。他们可能会告诉小老鼠有关任务中提到的圣殿的信息。

于是小老鼠问报刊亭老板报社在哪里，离得不是很远，小老鼠忘记了饥饿，立刻前往目的地。

小小的编辑部里空荡荡的，只有一个记者在愤怒地敲打键盘。小老鼠走向他。

"你要做什么？"那个记者头也不抬地问。

"是这样的……"小老鼠试图解释。

"别废话，"男人打断他，"说重点。这里是报社，不是什么慈善机构或者心灵辅导站。我们没有时间听别人废话，直接说你为什么来。"

小老鼠解释说他是一个外国人，也相信社会主义的理念（他没有用"共产主义"这个词），于是通过这份报纸找到编辑部，想进来了解一下，并打听点信息。

"什么信息？"记者不耐烦地说。

小老鼠继续站着回答，好像在接受审问一般，他尴尬地挪动了下身体。

"有关布拉格的信息……"

"我知道，但是关于布拉格的什么信息？"

"布拉格的一些地方……"

"布拉格的哪些地方？"

"比如教堂……普通的圣殿……"

"教堂？普通的圣殿？我不懂你在说什么。你刚才不是说你是左派吗，据我所知，左派和教堂或者圣殿毫无关系。所以你要找什么？"

"他们跟我说，"小老鼠的声音因为紧张而显得有点刺耳,"在布拉格有一座非常奢华的教堂,里面的圣餐杯,就是神甫在弥撒上使用的杯子,好像都是用金子做的,非常值钱……"

记者现在露出明显的怀疑神情,而小老鼠也可以完全猜到为什么:一个陌生人来到编辑室,问一些奇怪的问题,那个记者自然会怀疑他。小老鼠尽力解释说:"你完全可以相信我,同志,我和你是同一个阵营的,我也有改变我们这个不公平世界的伟大理想。我们一起来创造一个新的社会,我甚至想订阅一份你们的报纸,虽然我没有什么钱,不会订阅很长时间,但是我想先订一个季度的……"可是,记者已经不想继续对话了。

"听着,我根本不在意你是左派还是右派的,假如想知道有关教堂的信息,别问我,问神甫去。"

"但是……"

男人站起来,威胁他说:

"听好了。"他压低声音,"我现在手头有一堆东西要处理,没时间跟你耗。滚出去,或者我把你扔出去!"

小老鼠赶快离开编辑室。因为愚蠢和无知,就这么浪费了一次珍贵的机会。现在呢?还能向谁求助?找卡夫卡,那个谜一般的卡夫卡?没用的。卡夫卡已经完成了他的任务,按时把信息交到了指定的地点。所以向他求助也是无济于事。他觉得自己是个来自东欧的傻犹太人,接二连三地犯错误,"笨蛋。"他小声地骂自己,"真是一个笨蛋。可怜的伊奥斯把任务交给我的时候肯定是烧糊涂了,他完全高估了我。"

他继续往前走,突然看到不远处就是非常古老的圣维特大教堂,他燃起了希望:这个会不会是提到的那个圣殿呢?

这是小老鼠第一次走进教堂。仿佛脱离了现实,进入一个陌生的、压迫的世界。宏伟的建筑和祭坛、点燃的蜡烛、圣像,一切都让他感到震惊,甚至害怕。因为他身处的不是切尔诺维斯基的乡村小犹太会堂,而且家乡的会堂是一个用木头搭建起的老建筑,犹太人在里面聚集祷告、唱歌、跳舞甚至争吵。而眼前的教堂让他感到一股无形的氛围:空气中弥漫着神秘主义,让他难以呼吸。这不是一个他自己可以应对的地方,假如这时有伊奥斯在身边,或者没有伊奥斯,有本《共产党宣言》在手当作防御的工具就好了。但是他什么都没有,只有孤立无助的绝望感。他努力抑制自己想推开门逃离出去的冲动,虽然推开门也是身处陌生城市的街道,但在茫茫人群中也好过面对无形的神灵。

小老鼠不能让恐惧战胜自己。犹太人害怕教堂,但是他现在不是作为犹太人,而是作为革命者站在教堂中。他努力抬起头,昂首走向主祭坛。他需要看一下圣餐杯,并以一个珠宝商人而非革命者的角度来衡量它们的价值:有的时候在革命活动中需要辩证地看市场行为,比如这些高脚杯是否可以辅助完成革命任务。

他在祭坛前停下脚步。让人最痛苦的是面前有一个大十字架，上面悬挂着耶稣，被先人钉在十字架上的耶稣。他以前认为这是暴力革命，耶稣不过是因为剥削而付出生命代价的肥胖资产阶级。但是现在小老鼠看到耶稣是一个消瘦的形象，遍身的伤口涌出鲜血。这是伟大的牺牲，这个牺牲不仅抗议上天，也是对本杰明的声讨。这个时候除了下跪请求宽恕和乞求原谅，他还能做什么？

不。不能下跪。"站立着，饥饿的受害者。"虽然他没有饱受饥饿，但是现在胃里也是空空如也，而且他也是受害者，或者至少要声援受害者，其中也包括殉道的耶稣。而且，他要毫无畏惧地直面耶稣，耶稣甚至会对他说："小老鼠，我跟你一样也是革命者，我也为革命献身，只是大家还不理解我，他们为我建造了宏伟的圣殿，但是圣殿不是我想待的地方，马路、田野和工厂才是我的天地；我想待在人群中，融化在人海里，我想像你一样成为他们的一员。"

只是耶稣不会说这些话，至少由非洲珍贵象牙制成的耶稣不会这么说，他只会鄙视和排斥地说："离开这里，混蛋犹太人，滚出去，这不是你的地盘，和你们这些卑鄙之徒回到田地里；那才是你们的归宿，颤抖着紧紧抱在一起，等待大屠杀来清除你们，来替我报仇。"但是小老鼠必须面对耶稣和教堂。这无关虔诚或者忏悔，而是有关成功闯入圣殿的豹子，它们把闯入变成了仪式的一部分。

这时侧门打开了，一位留着白胡子并戴着厚厚眼镜的老神甫走进教堂。这某种程度上打破了压抑和令人窒息的气氛。小老鼠感到自己又恢复了活力,虽然进来的是一位神甫,并且只能用生硬的德语而不是熟悉的意第绪语来沟通,但是至少是可以交流的人;小老鼠也可以继续他的任务来打听圣餐杯。

神甫走到祭坛,开始整理里面的器具。小老鼠深吸了一口气,然后走向他:

"神甫……"

神甫转过身。

"在,我的孩子。"充满父爱的慈祥声音让小老鼠感到一阵温暖。

"神甫。"他用颤动的声音重复道,"我……"

他停下来,感到晕眩,差点儿摔倒。身体摇晃的时候,神甫扶了他一把。突然,小老鼠开始哭泣,眼泪从脸颊上滚落,这引起了在周围祷告的少数民众的注意。

神甫张开手臂安抚他:

"来,我的孩子,跟我来。"

神甫带他来到忏悔室,让他双膝跪下。然后神甫坐在忏悔室的座椅上,打开一扇小窗:

"好了,我的孩子。你可以跟我讲述是什么让你如此难过,倾吐出你的罪恶,向我忏悔吧。"

小老鼠回过神来,意识到情况非同寻常,他没有什么可以跟神甫说的。如果可以倾诉自己犯下的错误("神甫,我犯了个大错,我在火车上丢了装有重要信息的背包。"),这样他的灵魂确实会感到轻松和释怀。但是他不是基督徒,他是一个左派犹太人,一个革命者。他不是手无寸铁的人,而是为了解放世界而随时准备战斗的猎豹。他深吸了一口气,用尽可能坚定的语气说:

"很抱歉,神甫,我不是来这里忏悔的。"

"不是来忏悔?"神甫吃惊地说,"那你是为什么来呢?"

"我就是来参观教堂的。我从外地来,第一次来到布拉格,你也可以从我的口音里听出来我不是本地人。我经常听人提起这座教堂,所以特地过来亲眼见见。"小老鼠讲完谎言后顿时感到轻松,"另外,我也想拜访神甫您,并向您祝贺这座宏伟的教堂!"

"确实是。"神甫对这些赞美似乎不太受用,但还是礼貌地回应道,"这是布拉格最美的教堂之一,也是最古老的,从十世纪就开始……"

"圣餐杯,"小老鼠努力用随意的语调继续说,"圣餐杯应该非常精美吧……"

"圣餐杯?"神甫迷茫地问,"什么圣餐杯?"

"就是您在弥撒上使用的圣餐杯,您难道在弥撒上不用圣餐杯吗?"

神甫开始有些不耐烦:

"听着,我的孩子:外面还有人在排队等着忏悔,虽然我很想继续跟你聊圣餐杯或者其他的,但是只能下次了。请你现在离开。"

"但是,神甫……"

"请离开,我的孩子。"

"神甫,我……"

"请离开。"

小老鼠见坚持无效,就起身感谢神甫给予的关照,并对自己造成的不便表示道歉,然后离开了。

天黑得很快,那年冬天是欧洲最寒冷的冬天之一,但是小老鼠却穿着单薄,即使这样或者也正是因为这样,他更加坚持步行,这也是对他犯下错误的一种惩罚。他走在格拉本大街上,看着周围肥胖的穿着厚实大衣的男人和身着皮草的女人:资产阶级,社会的寄生虫。但是资产阶级显然知道自己的目的地,他们走进商店、银行、咖啡店,而小老鼠却仍然毫无目的,在大街上游荡。

一座气势恢宏的建筑引起了他的注意,装饰繁复的高大门柱和铁门上写着"银行"两个大字。在小老鼠脑中,"银行"一词和"罗斯柴尔德"这个有名的犹太家族紧密相关,这个姓氏如今成了富有的代名词。当小老鼠的母亲抱怨家中缺钱的时候,他的父亲经常会叹道:"啊,假如我是罗斯柴尔德就好了。"罗斯柴尔德家族不像中世纪那些被人鄙视、受追捕的放高利贷者,他们是受人尊重的银行家甚至拥有贵族的头衔。

伊奥斯厌恶他们的另一个原因是犹太人如果想像罗斯柴尔德家族一样富有,将永远无法摆脱资本主义的束缚。马克思主义是可以打破这种幻想并使其成为真正革命事业的理论。

任务有可能是抢银行,或许就是这家银行。为什么不?虽然风险巨大,但是托洛茨基有可能希望伊奥斯来冒这个风险,否则怎么能体现出他有能力完成任务?但是,在信息里没有任何有关这家银行或者其他地点的暗示。银行和豹或者圣殿都没有任何关系,假如一定要联系的话,银行从某种意义上说是金钱的圣殿。但是他还是决定去观察一下这栋建筑,试图寻找它和信息的关联。小老鼠没有进入银行,大厅门口有一大扇玻璃门,从那儿可以清晰地看到里面。他沿着大理石台阶往上走,来到大厅门口往里面看。那是一个装饰奢华的大房间,有接待客人用的桌椅和柜台。给他些许安慰的是大厅的供暖让他不再感到那么寒冷。于是他决定在门口休息片刻,他背靠着玻璃门看向马路对面那些雅致的商店。

终于他看到他一直在寻找的东西。

豹子。

有两只,有可能那不是豹子,也许是老虎,对于不了解大型猫科动物分类的人来说,清楚地识别它们不是件易事。但是小老鼠确信这两只就是豹子,他的寻找结束了。

两只威严凶猛的豹子标本就放在一家珠宝店的橱窗里,店里的灯光反射在它们玻璃制成的眼珠上。橱窗内摆设的场景是丛林之中一座庙宇的废墟,周围都是热带植物,里面有祭祀的场景,有面具、神像、鼓等。其中还有三个宝石制成用来祈祷的金杯。所以，豹、圣殿和圣杯都在这里。

小老鼠穿过马路，毫不犹豫地冲进奢华的珠宝店。

他立刻引起了大家的注意，破旧肮脏的衣服、头发粘在一起，还有近乎发狂的眼神都让他看起来像一个精神失常的乞丐或者漫无目的的疯子。小老鼠手里握着自己的帽子，站在珠宝店里看着四周，手足无措。

"先生，您想买什么吗？"

小老鼠转过身，珠宝店里一名魁梧、留着络腮胡子的保安带着怀疑的眼神看着他。小老鼠紧张地说他什么都不买，只是来打听些消息，保安粗暴地打断他：

"那先生请你立刻离开吧。"

在小老鼠还想争辩些什么的时候，保安已经拉起他的胳膊，把他朝门的方向拖。他努力挣脱保安，转向他说：

"我只问一个问题，就一个。我不会打扰任何人的，真的。不问完这个问题，我绝对不离开这里！"

这时店里陷入了僵局，所有的客人和员工都一动不动地看着他们，等待下一步的发展。保安深吸了一口气，准备采取行动，准备用暴力解决问题。

"等等，卡尔，让我来。"

一位年轻的姑娘从柜台后走出来。她身材瘦小，像其他店员一样身着端庄的制服，她不能算是美女，因为鼻子和嘴巴有点儿大，而且眼睛还有些斜视。但是她的微笑让小老鼠心头一暖，这是他进店后第一次有人对他这样微笑，也是第一个没有把他当怪物、善意地和他对话的人。

"您说想问一个问题,"女孩说,"您可以问我。"

小老鼠陶醉地看着她说:

"啊,是的。那些在橱窗里的金杯……它们都是什么来历呢?"

"那些杯子不对外销售的,它们是展览的一部分,明白吗?我们有的时候用它们来装饰橱窗。这个月的主题是宗教礼仪,所以你看到的这些东西都是非常古老的,可以追溯到大约十二世纪,它们都是来自北非的一座古老庙宇。现在这些物品都归一名俄国贵族收藏家所有,伊万诺夫伯爵,这些都是他借给我们展览的。"

这个信息太重要了,这正是这场拼图中最关键一环。这些金杯属于一位俄国伯爵,这样它们的物质价值和隐藏的象征价值可以联系起来:盗取它们来惩罚俄国贵族,就好比革命力量可以在欧洲任何角落打击压迫者。

"您还有其他想要了解的吗?"女孩问他,这让小老鼠感觉到她的眼神似乎有些不一样,好像她其实也是他的同伙,正等待着小老鼠的到来。

"我想知道您的芳名。"小老鼠惊讶自己竟大胆地问出这个问题。但是女孩没有吃惊的反应。

"我叫贝丝。我的名字叫贝丝,请问您叫——"

"伊奥斯。"

"很高兴认识您,伊奥斯。"她停顿了一下接着说,"有任何需要都可以来找我,你知道哪里可以找到我,因为我一整天都在店里。"

然后她笑着说：

"不要害怕这两只豹，也不要害怕保安们。"

"非常感谢！"小老鼠的声音因为激动而颤抖着。

女孩伸出手，那是一只瘦小、柔软而又温暖的手，小老鼠又热情地握了一下，便转身离开了。

小老鼠回到旅馆，这是他第一次兴高采烈地回来。旅馆老板感到十分奇怪：

"你变了，我的朋友。现在好像变成另外一个人了。发生什么事了？有什么好消息？"

"是的。"他带着胜利的微笑，"是有好消息。"

小老鼠两步一台阶地跑回房间锁上门，激动地在房间里来回踱步。对他来说，很明显，他已经找到了任务的目标。尽管一路上困难重重，但是他终于成功了。豹子如何闯入圣殿，然后又统治它？这一切，所有的重点都指向了珠宝店：豹子、圣殿、圣餐杯甚至仪式。他现在可以轻松地解读卡夫卡的纸条："去找一家布拉格的珠宝店，在它的橱窗里有两只豹子，旁边摆放的是圣殿的器物，包括三个用于仪式的圣杯。"珠宝店：这是奢侈的资本主义的象征。一个重要的珠宝店展示一名俄国贵族的圣杯，另外，还有一个细节是这家珠宝店位于银行的正对面。伊奥斯曾经说过，世界上没有什么比金融资本更有掠夺性，它就像一只灵敏的猛兽，在任何地点或者任何时间进行攻击。银行对着珠宝店，客人们正好可以从银行取钱去购买珠宝。

珠宝店叫做"佩尔斯体克兄弟",小老鼠由此断定店主肯定是犹太人。这又暗示了托洛茨基的潜台词。就像伊奥斯一样,他质疑成功犹太商人的传统形象。"你需要转变思想。"托洛茨基说,"你不需要再买珠宝,也不需要投资股票;你需要购买激进的思想,把它投入革命之中。选择吧:财富还是马克思,资本主义还是革命。"太完美了,小老鼠不得不承认托洛茨基是一个真正的天才。

是的。珠宝店才是目标。现在任务也很明确:抢夺金杯。这个任务难度重重,仅仅想到这点小老鼠已经开始颤抖,但是更难的应该是抢银行或者绑架珠宝店的老板。这符合革命正义的说法,就像无政府主义者拉瓦绍尔向巴黎咖啡馆投掷炸弹时说的:"没有人是无辜的,所有人都有罪。"只是拉瓦绍尔的行为难度很大,首先如何掩藏,接着怎么进行,整个事件持续多久等等。相比之下,抢圣餐杯要来的实际许多。小老鼠再一次觉得托洛茨基是个天才。

既然成功解读了信息,小老鼠就要开始着手任务的第二步。但是他现在还缺少一个联系人来肯定他的所有假设并且告诉他行动的具体细节。抢金杯是个团队行动,小老鼠自然也是团队的一员,但是他希望在其中扮演越渺小的角色越好,比如只是在路边放哨,告诉同伴警察要到了……因为其他的任何事情都似乎超出了他的能力范围。

伊奥斯曾跟他说过,当确定目标后,就会有人跟他联系。会是谁呢?难道说是卡夫卡?他的可能性极低,因为他一直在办公室,没有跟踪过小老鼠,所以无法得知他已经知晓珠宝店就是目标。但是谁跟踪过小老鼠呢,谁又知道他已经破解文章中所隐藏的信息呢?

那个女孩!贝丝,珠宝店的那个女孩。

这个想法让小老鼠激动得浑身颤抖。当然只可能是珠宝店的那个女孩了!他们之间发生的一切,包括对话、眼神似乎都暗示了这个。毋庸置疑,贝丝正在等他。否则她不会把小老鼠从保安手中解救出来,也不会这么友好地对待他,甚至某个瞬间让小老鼠产生一种他们是同伙的感觉。这个珠宝店的女员工真的也是革命行动中的一员吗?

当然可能是,马克思不就是来自一个拉比家族,然后和一位有钱的女人结了婚?恩格斯也是工业家之子,他不也曾经管理过父亲在英国的公司吗?而托洛茨基也来自于犹太中产阶级。贝丝为资本家们工作,并打扮得像资本家,但是她的内心和精神都属于无产阶级。

小老鼠用冷水拍打自己的脸庞,"冷静,本杰明,冷静。这些想法是不是太草率了?这些是不是只是你自己的想象?本杰明!"

小老鼠想到她的另外一个原因是:对她有好感。事实上,他对这个女孩的感情比好感更深,或者是爱情?小老鼠从来没有恋爱过,所以他不知道什么是爱,但是他知道自己的心跳因为想到她而加速。他希望女孩能成为他的同伴,无论是思想上、革命行动上还是生活上。但是首先需要确定的是女孩是不是这个行动的一员,贝丝是不是那个接头的人?

解决这个疑问只有一个办法,那就是再去找她谈话。可是不能在珠宝店,要在某个没有这么多干扰因素的地方,在一个她可以把行动细节清清楚楚描述给他的地方。他想到打电话,但是首先他没有珠宝店的电话号码,其次他也不想再次面对那个麻烦的机器。所以最好的办法就是去店里找她,再约一个见面的地点。可是,时间还来得及吗?身无分文的小老鼠没有手表,于是他赶快跑下楼问旅馆老板几点了。"五点半。"老板不耐烦地回答。小老鼠继续问商店几点关门。

"奇怪了,"旅馆老板说,"你连付住宿和吃饭的钱都没有,竟然要去购物?好吧,随你便。假如你现在跑着过去,有可能还有商店开着门。"

小老鼠听完赶快向市中心狂奔。他运气不错,虽然珠宝店的门已经关上了,但是员工还在店内收拾。他本来准备去按门铃,突然想到最好还是在对面银行门口等贝丝出来。经过一小段无比煎熬的等待,女孩终于出现了。她没有看到小老鼠,匆匆走向有轨电车站。小老鼠急忙跟在她身后,抓住她的手臂。女孩吓了一跳,惊慌地往后退说:"流氓,快放开我!"当她认出小老鼠后,长长地松了一口气,说:"啊,是你啊,就是想知道橱窗里摆设的那个男人,你叫伊奥斯,对吗?你刚才吓了我一大跳。"

小老鼠连连道歉,然后解释道他非常需要跟她再谈谈,并问她能不能一起喝一杯咖啡。女孩看了下时间说:"不好意思，我没有时间喝咖啡。"

"因为我要照顾我年老多病的母亲。"她说，"假如我不准点回去的话，她会着急的。"

然后女孩想了想。

"要不来我家谈谈？"她微笑着问道。

女孩的微笑让小老鼠再一次觉得他们是同伙，也更让他觉得自己的猜测是正确的。

他们一起坐了几站有轨电车。贝丝住在一栋老旧商品房的顶层。爬了无数台阶后，小老鼠有种行走在云端的感觉。进入房间后，贝丝让他在客厅里稍等，因为她要先去照料母亲：她要给母亲喂食、洗澡，再帮她躺下休息。贝丝走进母亲的房间后关上门。

小老鼠在客厅里漫无目的地踱步，看着屋里上了年头的家具。柜子里除了小摆设和以前的家庭照片，也没有什么其他特别的。桌子上放着几本无关紧要的用德语写的书，都是爱情小说，假如在桌子上放着《共产党宣言》或者马克思和恩格斯的作品肯定会显得非常唐突，并会引来客人的怀疑。小老鼠不喜欢的是墙上挂着的象牙十字架，这让他感到惊讶：没有任何革命的书籍，却有代表老旧宗教思想的十字架，这是为什么呢？也许这只是个挂饰，或者是躲避警察眼线的道具。当小老鼠还在犹豫思考时，贝丝打开门出来了，笑着说："母亲已经睡下，我们可以聊聊了。"她注意到小老鼠脸上奇怪的表情，然后说：

"我看这个十字架引起了你的注意。这是我母亲的，她是一名非常虔诚的天主教徒。而我的父亲，正好相反，是一名犹太人。"她笑了，"你要吃点什么？红茶配饼干可以吗？"

对饥肠辘辘的小老鼠来说，任何食物都可以。贝丝走进厨房，几分钟后端着盘子回来，上面摆放着茶壶、茶杯和一大盘巧克力饼干。

"请自便。"

小老鼠得克制住想狼吞虎咽的冲动，并像贝丝一样优雅地饮茶，可以看得出来女孩虽然家境贫寒，但是受过良好的教育。

最初的几分钟，他们聊了些无关紧要的话题，比如布拉格的冬天、公共交通问题等。突然，贝丝看向他，带着一丝意味深长的微笑说：

"你不是布拉格本地人。"

小老鼠承认道："是的，我不是布拉格人，我来自切尔诺维斯基，在比萨拉比亚。"然后他简单描述了一下自己的村庄，还特地提到离敖德萨很近，因为托洛茨基曾经在敖德萨求学过。他希望贝丝能领会到这个隐藏的信息，然后跟他说："太好了，我可以确定你就是我们要等待的同志，现在我们来详谈下一步计划。"

但是贝丝没有任何迹象要谈论革命，她更感兴趣的是比萨拉比亚，因为她的父亲在那里出生。

"我父亲的口音和你的一模一样，他也像你一样无依无靠。"

贝丝眼眶有点湿润，温柔地看着小老鼠。而小老鼠可以确信：他爱上了这个女孩。假如可以的话，他想对她说："贝丝，我爱你，你是我梦中的伴侣，我一生的爱人。"

但是他不可以，现在还不到时候，因为他还有任务要完成，而她肯定也知道，至少小老鼠希望她能知道。于是他深吸了一口气直奔主题：

"听着，贝丝，你知道我为什么来布拉格，对吗？"

让小老鼠惊讶的是，贝丝盯着他茫然地说：

"我？为什么我会知道？但是让我来猜猜你接下来会怎么说。"然后她笑了，"我知道了，你会说你来布拉格是因为受到一股强大的力量。你来布拉格是为了遇到我……"

他勉强地笑了一下。虽然这时候他心里很高兴，但是现在不是开玩笑的时候。

"你知道我有个任务，贝丝，你知道吗？一个非常重要的任务，一个会产生巨大后果的任务。"

贝丝显得更加迷茫，她带着奇怪的表情问他：

"你在说什么呢，伊奥斯？什么任务？"

这时小老鼠开始感到惊慌，难道她真的不知道？怎么可能，于是他又尝试了一次，带着犹豫的语气问：

"任务就是……贝丝……在珠宝店里。"

"天呐，伊奥斯，请讲清楚：珠宝店会发生什么事？"

她真的不知道任务，真的不知道！贝丝惊恐的表情已经说明了一切。现在他不知道还能说什么，也不知道怎么解释。

"告诉我,你是谁?"贝丝几乎吼道,"你要对珠宝店做什么!"

接着贝丝的脸变得惨白,睁大双眼说:

"你是强盗,伊奥斯?你想要抢劫珠宝店?是不是,伊奥斯?告诉我伊奥斯,是不是?请回答我!"

小老鼠呆坐在沙发上。

"你的沉默说明了一切。"贝丝绝望地说,"你是个强盗,你想知道有关珠宝店的信息才接近我,所以你才过来跟我聊天。"

"请不要这么说我,"小老鼠哀求道,"你理解错了,你完全理解错了,不是你想象的那样!"

但是她不想再继续对话了,愤怒加上害怕,贝丝指着大门说:

"滚出去!从这儿滚出去!不要再来找我,否则我就报警!"

小老鼠低着头走出房间。他脚步沉重地走下台阶,突然他停下来转过身,想冲回去对贝丝说:"你没有权利赶我走,我根本不是强盗,我是革命者,我身怀任务,我们要把银行从民众身上剥削的财富夺回来,再用到改变社会的重任上!"

但是这个冲动马上消失了,因为他想起了贝丝的脸,他无法忘记她温柔的眼神。"我爱你,"小老鼠含着泪喃喃自语,"我爱你,贝丝。"这时,楼道里一户人家打开门,警惕地看了小老鼠一眼。趁着别人叫警察之前,小老鼠赶快离开了大楼。

　　小老鼠看着冷清的街道和漫天的大雪，现在怎么办？该怎么做？他感到前所未有的无助：从最初的狂喜到现在极度的绝望，这种感觉可以打垮任何一个人。最初他感到自己是个有明确任务的革命者，正一步一步地迈向胜利，但是下一秒就变成了迷茫困惑的可怜家伙。他有一瞬间觉得自己找到了可以共度一生的女人，但是马上又变成了令人讨厌的癞皮狗。

　　"怎么办？"他问自己，"怎么办呢？"他只能漫无目的地在街上走着。当天正是平安夜，小老鼠透过布满雾气的玻璃看到一家家团聚在摆满菜肴的桌子旁，欢声笑语，而这又加重了他的失落和绝望。

　　他继续往前走着，突然间他看到了城中古老的犹太区。那里有一座古老的犹太会堂，在它的大堂里埋葬着传说中的魔像。里面有旧墓地，铁门紧锁，古老的坟墓上都覆盖了一层厚厚的白雪，小老鼠觉得这就是自己凄凉的写照。无情的死亡正在等待他，千百年来没有人能够破解死亡这道难题。小老鼠还能向谁求救，还有谁呢？

　　卡夫卡。还能找卡夫卡，向他坦白："我没有办法破解我的任务，请告诉我要完成的任务，我一定去完成它。"

　　他离炼金术师路不远。于是他一边跑一边祈祷卡夫卡在家。

　　小老鼠气喘吁吁地跑到卡夫卡家。门窗紧闭，但是狭长的窗缝透出微弱的亮光,卡夫卡在家!

于是小老鼠怯生生地敲了下门。

没有回应。

小老鼠再次稍微用力地敲了下门。

一声叹息。他听到门后有一声重重的叹息。这声叹息好像是在质问:你们为什么要来找我,为什么不能让我安安静静地写我自己想写的故事?关于豹子闯入圣殿、男人变成昆虫的故事可能荒诞可笑,但那是我的故事,是我用生命创作的故事,这听上去也很可笑,但是我就是喜欢写作,我还能怎么办?我已经要面对粗暴的父亲、官僚的工作还有难缠的未婚妻,现在还要忍受不速之客?

这一声叹息让小老鼠感到沮丧和难过。他质问自己有什么权利来打扰可怜的弗兰茨·卡夫卡,但是他立刻又反应过来:尽管还不认识,但他是自己的同伴,而同伴就要互相帮助,这无关个人情感,这有关事业,而事业高于一切,包括知识分子的隐私,因为知识分子总是对革命抱有怀疑态度(除了马克思、恩格斯和托洛茨基)。

门打开了。小老鼠看到眼前站着一位很高的年轻人(因为小老鼠个头矮小,所以几乎所有人对他来说都很高,不过眼前的男人比普通人还要高出一截);棱角分明的脸庞、深色的头发和眼睛,还有一双大耳朵。另外,他非常瘦。让小老鼠印象最深的是卡夫卡瘦高的身材和坚定深邃的眼睛。

"什么事?"卡夫卡问道。

礼貌的声调中带着一丝不耐烦,但是小老鼠可以理解,因为透过打开的门,他看到一张桌子和一台打字机。很显然,小老鼠的敲门声打断了他的工作。

"有关那篇文章……"

"文章?"卡夫卡皱起眉头,"什么文章?"

"就是你寄给我的文章。"

"啊,我想起来了。是你给我打的电话。"这时卡夫卡意识到小老鼠还站在屋外,雪花落在他的肩头,"赶快进屋,进来。我们进来聊。"

小老鼠走进屋。这个房子比看上去还要小,甚至都不能称为一座房子。里面只有几件简陋的家具:一张桌子、几把椅子、一张单人床,还有塞满书的柜子。

"家里太乱了。"卡夫卡说,"就像你看到的,这是一个工作的地方。请坐,原谅我没有什么点心。我自己不在家做饭。我家暖气也不太足,所以屋内也很冷,不好意思。"

"不需要道歉。"小老鼠说,"这些对我来说都不重要。"犹豫了几秒后,他补充说:"最重要的是事业,事业可以解释所有我们的牺牲。"

小老鼠期望这句话能起到暗号的作用,他急切地等待卡夫卡在听完这句话后眼睛一亮,对他说:"是的,同志,事业至上,包括抢夺金杯,我们现在就来讨论行动的细节!"但是卡夫卡什么也没说,两个人面对面坐着,卡夫卡继续盯着小老鼠,似乎在等待他解释来访的目的。短暂而又尴尬的沉默让小老鼠更加不安。卡夫卡感觉到小老鼠的紧张，于是决定缓和一下气氛，问道：

"那你觉得文章怎么样呢？"

"文章？文章很精彩……圣殿里的豹……太精彩了，《圣殿里的豹》，毫无疑问，非常有意思。"

"那有用吗？"

小老鼠没听明白问题，但是他又不想暴露自己的不知所措：

"有用？当然有用了，问题就是……"

"晦涩难懂。"卡夫卡带着浅笑补充说，"是不是？很晦涩，很难懂。我所有的文章都这样，所以要发表它们有点儿困难。"

小老鼠在椅子上挪动了一下。

"确实是。但是我理解你，你必须这么写，让文章越晦涩难懂越好。还好，最后我终于解开了你文章中的谜题。"

卡夫卡好像还沉浸在自己的思绪中。

"晦涩难懂，"他说，"有些人认为这是个问题，但是对我来说是个答案。"

"对我来说也是。"小老鼠加快语速，"我认为在这种情况下，清楚明了的文章是一种灾难。"

这话让卡夫卡感到惊讶：

"灾难？还不至于这么严重吧……"

"很严重。"小老鼠坚持说，"考虑到当下的环境，简单明了的文字是很大的风险，我们不可以冒这个险。"

"我觉得你是个激进分子。"卡夫卡尴尬地笑了。

"激进?是的,我是很激进,我就是激进分子!"小老鼠骄傲地吼道,他感觉自己的反应过于激烈,于是降低声音说:"激进是我的目标,我想抓住社会核心,曝光所有必须曝光的,摧毁所有必须摧毁的。"

"摧毁。"卡夫卡喃喃自语说,"可能你说的有道理,也许创造真的是摧毁。"

小老鼠根本没有听到卡夫卡在说什么,仍然沉浸在自己的激情中:

"所以我相信托洛茨基的理念:永久革命。革命是生命的一种形式。"

"托洛茨基?"卡夫卡再次皱起眉头,"你把托洛茨基当成自己的楷模?列昂·托洛茨基?"

小老鼠感到一阵凉意。直到刚才,他都完全肯定卡夫卡是托洛茨基行动的一员。但是这个作家的反应让他感到震惊,难道错了?或者这几天发生了什么大变故,一切都改变了?比如行动取消?谁知道在这段时间里托洛茨基是不是建立了一个新的组织,而卡夫卡不属于这个组织?因为小老鼠对信息不是很灵通,或者说他从来没有收到过任何组织的消息。当初在比萨拉比亚的时候,小老鼠不看报纸,但是也每周都知晓新闻,因为伊奥斯会在身边传播所有消息。卡夫卡生活在城市里,身边有报纸和电话,所以小老鼠需要更加小心。风险不仅仅有关失态,更是有关思想的偏差,这是伊奥斯以前常常警告的。于是小老鼠决定委婉地回答:

"我想说在某些情况下他是我的楷模。但是凡事有两面性。我一直认为革命是永久的,真理却不是,你不这样认为吗?另外,《圣殿里的豹》也是如此,含义也有两面性。"

卡夫卡思考了片刻。

"可以这么理解这篇文章。"

他看了一眼挂钟,露出一丝不耐烦的表情,看得出来,他想马上结束谈话,继续工作,所以卡夫卡又回到原来的问题:

"但是你还没有回答我刚才的问题,这篇文章有用吗?"

到了该摊牌的时候了,小老鼠心想。而且无论如何,他的回答都将承担风险。经历了贝丝的那场误解后,小老鼠对其他东西也不在乎了。

"文章有用,同志。"小老鼠苦涩地说,"没有用的是我。"

卡夫卡惊讶地看着他:

"你没用?为什么这么说?"

"我想说我读不懂你的文章。我无法理解它,我想破脑子也想不明白。"

"但是,你听我说,"卡夫卡劝解他,"我们刚才都提到文章晦涩难懂。你不需要执着,每个人都有自己的理解。"

"但是我必须读懂!"小老鼠绝望地说,"你不懂吗?我来这里就是为了读懂这个信息,然后完成我的任务。"

"任务?"卡夫卡疑惑地问,"你到底在说什么?"

"同志,"小老鼠哀求道,"请不要再羞辱我了。我答应我病重的伙伴伊奥斯来完成他的任务,所以我来到布拉格,然后根据你给我的文章开展行动。可我是一个多么愚蠢的人,我犯了无数错误,把事情搞得一团糟。起初我弄丢了你的地址,好不容易找到你。拿到了你的文章,但是无法理解里面想传递的信息,或者我完全解读错了。我以为我知道了任务的目标,甚至还遇到了一个我以为是同伙的姑娘,最后发现她根本不是什么联系人,现在我有很多疑虑,我需要你的帮助,同志,请帮助我!"

卡夫卡一言不发地看着他。

"你是谁?"最后他问道。

"我是谁?你难道不知道我是谁吗?"

不,卡夫卡不知道。他疑惑的表情已经说明了一切。

"我以为你在布拉格的一家意第绪语杂志社工作,我向那家杂志社承诺交一篇文章。但是我现在知道你不是那家杂志社的人。"

小老鼠突然间明白了整件事。卡夫卡因为他的俄国犹太人口音把他跟意第绪语杂志社联系在一起,作为东欧犹太教崇拜者的卡夫卡准备向这家杂志社投稿。于是当他打电话给卡夫卡的时候,他理所当然地以为是杂志社的来电。

现在怎么办?把来龙去脉都告诉卡夫卡?

不,小老鼠不能告诉他事情的经过。毕竟,他不知道卡夫卡是否可信。于是他决定编造谎言,经历了这么多后,小老鼠早已成为谎言专家。

他编了一个故事:"是的,我是在一家意第绪语杂志社工作,但是不在布拉格,在俄国。我的朋友伊奥斯负责经营杂志社,他托我来这里联系一位作家,作家的名字我一时记不起来了,那个作家会给我们杂志社提供一篇文章,我以为你就是那个作家,但是我弄错了。"

接着,他从口袋里掏出《圣殿里的豹》,还给卡夫卡:"这是你的文章,不好意思,给你造成了困扰。"

卡夫卡盯着他看,突然猛烈地咳嗽。干咳的声音让人揪心。小老鼠打了一个寒颤,这种咳嗽声他很熟悉:毫无疑问,是肺结核,它同贫困和大屠杀是犹太村庄最害怕的三样东西。卡夫卡虽然不是生活在村庄里,但是他有典型的肺结核患者的体态:瘦骨嶙峋、面色惨白,脸上甚至都能看到红血丝。卡夫卡冷如地窖的房间又会加重他的病情。一阵担心和同情涌上小老鼠的心头,他很想对面前的男人说:"你病了,卡夫卡,而且病得很重,这个咳嗽可不是儿戏,是致命的,这个病已经杀死了很多人。不要以为你是律师、你是作家就可以躲过这个疾病,它不会放过任何人。你需要治疗,需要多吃一些,你看你太瘦了,你还需要搬到一个更温暖的地方,这个小屋实在是太潮湿了。在这里用生命写作太不值得了,赶快离开这里吧,听我的话,这都是为你好!"

但是,小老鼠什么也没说,安静地看着卡夫卡,直到他停止咳嗽。卡夫卡从口袋里掏出一张手帕,擦了擦额头上的汗水。

"对不起,最近我开始咳嗽,这是一种精神疾病的产物。"卡夫卡悲伤地说,"也许我要咨询一下弗洛伊德医生。"

"请收好你的文章。"小老鼠把文章还给卡夫卡。

"不了,你留着吧。"

卡夫卡的眼神和语调都让小老鼠感到一阵感动。

"但是我不应该……"

"留着吧。"他的语调非常坚决,坚决得让小老鼠感到害怕,"留着这篇文章。"

"你有副本?"

"不用担心这些。我有副本的。我还有这篇文章。"

接着卡夫卡起身,打开门:

"不好意思,现在请您离开。因为我还要继续我的工作。我创作文学的时间很有限,希望你能理解。"

"我理解。"小老鼠嘟囔着,走出房门。

门马上关上了。小老鼠还想转过身对卡夫卡说,尽管他没怎么看懂,但是这篇文章十分精彩。可是,回过身也只是面对冰凉的门。

小老鼠感到筋疲力尽,他决定回旅馆。他想躺在床上,任何一张床上,睡上一个没有梦的长觉,他希望在睡眠中忘记这倒霉的一天。但是他连这个休息的机会都没有。

当他回到旅馆的时候,看到一辆警车停在门口。他立刻提高警惕,没有进入大厅,透过玻璃门偷偷地往里面看。

里面站着两名警察,看他们的架势,似乎在询问旅馆老板,因为老板正给他们看旅客名录。

小老鼠可以肯定这两个警察是来找他的。是谁举报了他?也许就是这个不怀好意的阴险老板;或者是贝丝,想到这个可能性的时候,他的心缩紧了一下。

他要立刻逃跑,连旅馆都不能进去,其实他也不需要进去,因为他随身带着所剩无几的钱,还有证件和火车票,房间里只有一个行李包和换洗的衣服。于是小老鼠毫不犹豫地跑向火车站。

很幸运,有一趟车在一小时后开往罗马尼亚。于是他上了那辆火车,睡了整整一路,直到终点站才醒过来。这次下车前他特地摸了一下自己的口袋,什么都没拉下:钱、证件,对了,还有弗兰茨·卡夫卡写的《圣殿里的豹》。

除了碰到路边的军队检查,余下的旅途都平安无事。同一个船夫把他送回了俄国,而这次摆渡的时候,船夫老老实实,没有多说一句话。傍晚,他终于回到了家中,一进家门立刻引起了骚动:所有人都上来拥抱他。"你快担心死我了!"他的母亲边哭边叫,"你这个混蛋,担心死我了!"

最后大家平静下来,围着桌子坐下,小老鼠编了一个连自己也惊讶的故事,他说他去另外一个城市寻找工作。

他的父母和兄弟相信了，或者假装相信他说的，因为他为什么离开已经不重要了，最重要的是他现在回来了。最后，小老鼠从嗓子里挤出一个问题："伊奥斯，他怎么样了？"

一阵沉默。

"伊奥斯死了。"他父亲说，"你走的当天他就死了。高烧越来越厉害，然后浑身抽搐，最后就这么走了。"

小老鼠安静地听完这个消息，低下了头。其实他早就想到了。就好像伊奥斯不需要他承认自己的失败一样，他没有完成任务，彻底失败了。没有发现任何信息，也没有参加任何行动，最后还丢了自己的衣服。这趟旅程唯一留下的就是口袋里卡夫卡的那张纸。这个过错将伴随他一生。

因为伊奥斯的死亡，村庄里的革命青年渐渐解散了。在母亲的坚持下，小老鼠开始和父亲一起工作。最初他非常厌恶裁缝，但是渐渐地，他从剪裁、缝纫、钉纽扣中找到了一些乐趣。至少这个工作是有逻辑的、可预见的，没有抢劫，没有恐惧。假如能像缝补一件衣服一样缝补自己的生命该多好！但是生命远比一件背心复杂，而政治也远比生命复杂。过了一段时间，小老鼠决定放下革命，专心缝制背心。

但是革命还在继续。战争加剧了社会问题，饥荒肆虐，使寒冷的冬天显得更加难熬。在一九一七年，沙皇尼古拉退位。亚历山大·克伦斯基为首的临时政府只执政了很短的时间。四月，列宁结束流放；十月，布尔什维克夺得政权。

在消息闭塞的切尔诺维斯基,新闻总是来得特别晚,并充满了困惑和恐慌。沙皇代表着压迫,这是已知的压迫。但是现在将如何发展,俄国又将面临怎样的局面?

也有很多人对新政权怀着希望,尤其是小老鼠,他重新开始阅读《共产党宣言》。这让他想起可怜的伊奥斯,他的梦想正在实现:就像列宁在冬宫所说的,一个新社会将会建立在旧政权的废墟上。托洛茨基也结束流放,在布尔什维克政府担任重要的角色——外交人民委员。当小老鼠知道自己的偶像正在敖德萨的时候,立刻借了一辆破旧的卡车,赶往敖德萨。只是当他赶到的时候,托洛茨基已经离开了。

新政府和德国达成协议,结束了敌对状态,但是在此期间,内战已经开始:这是一场血腥的冲突,不少城镇和村庄被摧毁。切尔诺维斯基没有被战争波及,但是小老鼠的父亲还是决定带领全家移民巴西,投奔那儿的亲戚。

小老鼠不愿意离开。"我属于这里,"他说,"我想加入革命,一起建设新的社会。"这是他欠伊奥斯的,假如离开就是又一次失败,又一次放弃任务。但是他的母亲有严重的神经衰弱,假如小老鼠不一起去巴西,她就会自杀,最后小老鼠妥协了。一天夜晚,他们离开村庄,穿过河流(还是同一个船夫,但是闷不作声),在罗马尼亚他们搭坐一列火车来到德国的汉堡市。从那里,他们乘坐一艘货轮前往巴西。

维塔利耶维奇一家住在阿雷格雷港。我的祖父埃塞克·维塔利耶维奇开了一家小成衣店。他邀请自己的兄弟和他一起经营这家成衣店，但是本杰明拒绝了：他不容许自己靠剥削劳动者来生存。后来他发现一家由托洛茨基跟随者莱奥波尔多·里贝罗开的裁缝店，他很喜欢小老鼠的手艺，先是做活，后来成为了股东。两人一直关注列昂·托洛茨基的行踪，阅读和讨论他的书籍和文章。对于小老鼠来说，这就足够了，政治世界就是想法和文字的世界。但是，莱奥波尔多想要的更多，他想要行动——革命行动，还有罢工。当西班牙内战爆发时，他终于看到了自己的机会。全世界成千上万名左翼人士，其中也包括南大河州的一个组织，都准备加入国际纵队，保卫共和政府。莱奥波尔多也决定参加，面对惊慌失措的妻儿，他说这是他的义务，假如不捍卫革命事业，他的人生就毫无意义。他甚至买好了车票，但是就在出发前的两天，他因为急性阑尾炎而住院。他在医院待了两个月，出院后太虚弱，无法长途旅行。另外，后来也证明共和党人没有机会了，他们只专注于号召募捐，发表宣言，并使用了那句著名口号：禁止通行。

另一个消息也让人沮丧。和斯大林决裂后，托洛茨基逃亡到墨西哥。这个消息让莱奥波尔多感到愤怒和屈辱，因为托洛茨基放弃了自己为之奋斗的国家。但是同时他又产生了一个新的想法：去科约阿坎街道上的托洛茨基家中拜访他。他邀请小老鼠跟他一同去，小老鼠也这样想过，但是他非常害怕莱奥波尔多坐飞机去墨西哥的建议。所以小老鼠放弃了旅程，但是他请求同伴帮他一个忙：

"什么忙？"莱奥波尔多问道。

"我希望你能帮我问托洛茨基一个问题。"他犹犹豫豫，"但是首先我要给你讲一个故事。"

接着小老鼠讲了他去布拉格的故事和最终没有完成的任务。莱奥波尔多大笑，笑得连眼泪都流出来了。小老鼠盯着他看，感到既惊讶又屈辱。

"对不起，本杰明。"莱奥波尔多说，"你的故事太有意思了，还有你犯的错误……"

他又大笑。本杰明这时已经非常愤怒，莱奥波尔多再次道歉，问他需要向列夫·托洛茨基问什么问题。

"问问他，"小老鼠说，"给伊奥斯的任务到底是什么？"

莱奥波尔多突然间很严肃地看着他，说：

"我一定会问他这个问题的，小老鼠。我一定会带到这个问题。但是我先得给你打个预防针。假如托洛茨基说他不记得伊奥斯了，或者他忘记了整个事件，那怎么办？因为像他这样的伟人，每天都要处理很多事情。对你来说十分重要的事情，对他来说可能只是和一个小伙子的谈话。"

小老鼠沉默了好一会儿，低着头，最后他抬起头说：

"有道理，那还是什么都别问了。"

最终，莱奥波尔多还是没能去成墨西哥。因为当时墨西哥处于热图利奥·瓦加斯的独裁统治下，取得签证非常难。等好不容易拿到文件后，已经太迟了：托洛茨基在家中被刺杀。

莱奥波尔多和小老鼠当然不是阿雷格雷港仅有的托洛茨基的追随者，但是其他追随者都不喜欢他们，认为莱奥波尔多很高傲，小老鼠很古怪。他们二人被孤立了。不过他们并不在意，莱奥波尔多经常骄傲地说："革命先锋总是少数人。"于是他们继续阅读和讨论托洛茨基的文章。

"在《俄国革命历史》中，"莱奥波尔多一边剪裁西装一边说，"托洛茨基说革命是一个很大的难题，你知道这是为什么吗？"

小老鼠坐在缝纫机旁，毫不犹豫地回答说：

"因为无产阶级掌握了一个欠发达国家的政权。该如何找到这个难题的解决方案呢？"

"关键是要了解落后国家的特殊性。"莱奥波尔多带着胜利的微笑回答道。

这种友好的对话往往会发展成激烈的争辩。两人在很多观念上都有分歧，因为他们代表不同的派别。这种关系直到一九四四年莱奥波尔多去世后才结束。不过他们后来讨论的话题更加温和，因为莱奥波尔多的医生不建议他情绪有过大波动。莱奥波尔多去世后，小老鼠再也没有精神上的同道，也失去了唯一的工作伙伴，只能一个人在裁缝店工作。与此同时，他的兄弟埃塞克拓展了业务，然后娶妻生子，后来有了孙子。

小老鼠没有忘记贝丝，这是他唯一的挚爱。这么多年来，他都试图跟她取得联系，最后终于获得了珠宝店的地址，给她写了一封信，但是信被退回，因为珠宝店已经关门了。他考虑去欧洲找她，他的兄弟甚至出钱让他去欧洲，但是内心高傲的小老鼠拒绝了。当他好不容易凑齐去欧洲的旅费时，"二战"即将爆发，他无法前往欧洲。一九四六年，在一个难民组织的帮助下，他终于知道了贝丝的消息：她被关在特雷布林卡的集中营，在解放前病死在营中。

布拉格之行留给本杰明唯一的纪念就是卡夫卡的文章，这成为他最为珍视的物品；他反复阅读，直到烂熟于心。他还读了卡夫卡的其他作品，为了读懂原著，他还特地去上德语课。

他不懂的是故事的深层意思，比如男人变成了昆虫，这想表达什么？还有《审判》里的主人公，不明原因地被捕，却不知道自己的罪名？在《流刑地》里有给囚犯纹身的机器？那是进步分子还是反动分子？小老鼠无法做出判断。

接下来的故事与文学无关，而是关于他保留的"纪念品"。阿雷格雷港的一名记者不知从何处得知本杰明·维塔利耶维奇裁缝认识伟大的作家弗兰茨·卡夫卡，于是通过各种途径联系他，想进行采访，但是都无功而返。小老鼠说那是私人物品，不愿意和任何人分享。记者仍然十分坚持，并提出给予丰厚的报酬，因为就在那一周，在英国伦敦的拍卖会上，一封有卡夫卡签名的信件被拍卖到八千五百美金的高价，这充分说明了作家的重要。在圣保罗，一名收藏家也说愿意为任何有卡夫卡签名的信函支付类似的价格。

"事实上，我有一封卡夫卡的信。"小老鼠说，"但是不要问我任何有关这封信的问题。"

记者不答应："这是一个大消息啊！必须发布。"他甚至愿意给小老鼠钱来获得发布这则消息的权利。小老鼠拿起裁衣服的剪刀，把记者赶出了店。

但是小老鼠对一个人讲述了自己和卡夫卡的故事，他就是杰米·维塔利耶维奇。

本杰明对这个侄孙从小就喜爱有加。他有很多侄子和侄孙，不过他不怎么和亲戚来往，而他的家人对他也不怎么重视，所有人都认为他是一个怪胎。但是杰米不认同大家对小老鼠的看法，这大概是因为他们有很多相似的地方。杰米的父母离异，从小体弱多病（小时候得了小儿麻痹症，所以行动不便），但是他有超常的智力，并且十分喜欢阅读。当他发现自己的叔叔有一个小型图书馆后，就经常去本杰明家里看书。假如其他人对小老鼠提出相同的请求，肯定会被拒绝，但是对小杰米（当时大概十岁左右），他从来没有拒绝过。他甚至还饶有兴趣地给他介绍每本书，并且为他推荐作家。

不仅仅是阅读把他们联系在一起。杰米刚进入青春期，便开始参加学生运动，不久就成为同学中受人尊重的领头人，这也成了本杰明的骄傲。但是这骄傲没有持续多久，因为杰米支持斯大林，认为托洛茨基是背叛者，罪有应得。他们为此进行了无数次激烈的争执,本杰明多次愤怒地把杰米赶出家门,杰米发誓再也不来找他,但是他还是经常回来找小老鼠,因为他对本杰明的爱超过了他们之间的争吵。

和他的同伴不同,杰米很欣赏卡夫卡。他精通德语(还有英语和法语),从《变形记》开始,阅读了很多卡夫卡的书籍,用他自己的话讲,卡夫卡的文章有"摧毁性的影响",带来"颠覆性的体验"。他也知道卡夫卡并不受共产主义者的欢迎,因为它不适合作为革命的广告。

任何东西都无法破坏杰米和本杰明的关系,两人越走越近。杰米和家族的其他成员也无法融洽相处,他们要么愚昧无知,要么资产阶级;他也很少和总待在屋里的父亲、爱生闷气的母亲一起生活。但是他几乎每天都会拜访小老鼠,很多时候还会带上自己的女朋友,比阿特里斯·贡萨尔维斯。她比杰米稍大一点,美丽、多愁善感,是艺术家的女儿。和杰米一样,她也很喜欢卡夫卡的作品。他们三人经常会畅聊卡夫卡的作品,直到小老鼠不得不请他们回家。

一九六四年,政变爆发的时候,杰米正好十八岁,在南大河州大学文学院读大一。从他参加示威游行反对武装政府时起,他的名字就被列入政治和社会秩序局(政社局)的反政府名单中。但这并没有让他感到害怕和退缩,反而激起了他的斗志。参加游行的示威者都被追杀,文学院的一名和政社局有关联的同学发现杰米被列入多项名单中，政府正伺机抓捕他，这让他的组织感到紧张。召开紧急会议后，大家决定杰米应该消失一段时间，转移到像圣保罗那样的大城市，因为在大城市中没有人认识他。虽然杰米很不喜欢这个主意，但是最后还是不得不服从大家的决定。

杰米只跟两个人提起这件事。一个是他的女朋友，比阿特里斯表示不会离开他，将随他一起去圣保罗生活。

另一个人就是小老鼠。对年岁已大的小老鼠来说，这无疑是件难以接受的事，因为杰米就像自己的儿子，也是他唯一疼爱的人。

但是他还是接受了，因为他知道杰米在阿雷格雷港会有危险甚至有牢狱之灾，搬去圣保罗可以救他一命。只是还有很多其他问题，比如住在哪里？以何为生？杰米对这些问题也没有任何答案。但是他不想向父亲或者哪个亲戚要钱。

"我去看看能不能找个工作。"杰米不太自信地说。

"那你的大学呢？你的学业呢？"

他耸了耸肩："学校和学业这类事情就等我赚到钱后再考虑吧。"

他们沉默地坐在本杰明家狭窄的客厅里，突然间小老鼠站起来：

"我有样东西给你。它可以帮助你。"

他挪开墙上的画，露出一个小保险柜，他打开柜子。

里面只有一个旧信封，他递给杰米：

"我觉得这个信可以解决你的问题。"

杰米打开信封,从里面抽出一张泛黄的信纸。他看了里面的内容,惊讶地看着本杰明:

"这是卡夫卡写的!"

"是卡夫卡。"小老鼠微笑地肯定,"这是卡夫卡的真迹,底下的那个签名真是他写的。"

接着,小老鼠向杰米讲述了整个故事,杰米听得目瞪口呆,他完全没有想到自己的伯伯有过这样一场冒险。然后他看向信纸:

"这真的是太宝贵了。"他小声说。

"大概值八千五百美金。"

"等等,小老鼠。"杰米惊讶但又警觉地看着他说,"你不会打算卖了这个真迹吧?"

"不。"小老鼠说,"不是我去卖它,当然了,在阿雷格雷港这样的地方也很难有出高价的买家。你去圣保罗卖了它,我知道那里有收藏家肯为卡夫卡的真迹出天价。你拿到这笔钱后,至少两年内的生活都没有太大的问题。"

杰米沉默了,盯着信纸。最后他抬起头看着小老鼠。

"不,本杰明。"他哽咽地说,"我不能接受。不仅仅是因为它的价值,更是因为它是你人生的一部分!"

"胡说八道。"小老鼠驳斥说,"纯粹胡说八道。这上面写的我都能够倒背如流,你不信?"

他停顿了一下,然后开始用德语流利地背道:

"Leoparden brechen in den Tempel ein und saufen die Opferkrüge leer; das wiederholt sich immer wieder; schlieslich kann man es vorausberechnen, und es wird ein Teil der Zeremonie."

接着他带着胜利的表情看着杰米说：
"看到了吧？所以我不需要这张纸了。假如这能帮助你，我会感到很开心的。而且我相信卡夫卡也会感到开心。"
杰米仍然不接受：
"这对你太重要了……"
"但是你对我来说更重要。"本杰明平静地说。
沉默了片刻，杰米紧紧抱住本杰明。他们静静地拥抱，杰米的身体因为抽泣而颤抖。最后杰米看向小老鼠：
"我该怎么答谢你呢？"他问道。
"你不需要谢我。你应该谢卡夫卡。是他毁了所有文稿，才显得这篇文章如此珍贵，不过它也确实珍贵。"
杰米再一次拥抱他，然后离开了。

晚上八点。杰米用公共电话打给同伴，约定立刻在比阿特里斯家中召开会议。他们一直讨论到十一点半。正当他们准备离开大楼的时候，出现了三个政社局的人，是来逮捕他们的。在一片混乱中，除了杰米，其他人都逃脱了。因为杰米腿脚不方便，所以他索性放弃，挡住警察，让其他同伴能够更快撤离。

凌晨一点，小老鼠被一阵急促的敲门声惊醒。

"谁？"他警觉地问。

"是我啊，小老鼠。"一个紧张的声音回答说。

"你是谁？"

"我是比阿特里斯，杰米的女朋友。请快开门！"

风湿病到了晚上更加严重，小老鼠艰难地从床上爬起来，穿上一件破旧的外套，才打开门，比阿特里斯眼含泪水站在门口：

"啊，小老鼠，怎么办，怎么办！"

她讲述了事情的经过，讲完后，二人陷入沉默，令人不安的沉默。

"让我来解决吧。"老裁缝最后说，"我来处理。"

"你，小老鼠？"她虽然还流着泪，但是也忍不住笑道，"怎么解决？你怎么应对那些人？"

"首先，我需要去裁缝店。"

"去裁缝店？"比阿特里斯吃惊地说，"你要去裁缝店做什么？"

"这是我计划的一部分。"小老鼠说，"我知道你现在无法理解，但是你不要担心，都会解决的。"

"但是小老鼠，杰米他……"

"我知道了，我的孩子，放心吧，现在你回家去休息吧。明天你就会收到好消息的。"

小老鼠在空无一人的街上快速行走,直到位于阿雷格雷港市中心的一栋老楼里的裁缝店。门卫看到他,奇怪地问:

"你怎么这个时间来这里?发生什么事了吗,小老鼠?"

"有个紧急的订单。"老裁缝回答说。

"订单,凌晨四点?"门卫好奇地说,"这要么就是殡葬,要么就是结婚。"

"是结婚。"小老鼠回答。

"还好还好。"门卫转过身打开门。

小老鼠走进古旧的电梯来到三层。然后打开裁缝店的门(门上写着"莱奥波尔多和本杰明裁缝店"),进屋后他打开灯。他走向靠着墙的衣柜,掏出兜里的钥匙打开柜门,感慨了一声:"这就是我现在需要的。"里面挂着一块英式高级羊绒布料,这是小老鼠刚到阿雷格雷港的时候从走私贩手里买来的。他准备把这块布料留给自己做结婚时的礼服,他曾幻想着有一天能再次遇到贝丝,然后她接受了自己的求婚……不过最后命运没有这么安排,他的生命中再也没有出现过其他女人,于是这块英国布料也就一直被锁在柜子里。

深吸了一口气,小老鼠把布料摊在桌子上。他紧皱眉头,快速翻看笔记,寻找有用的信息,接着迅速展开工作。连着三个小时他都以疯狂的速度剪裁、缝纫和钉纽扣,他不时地抬头看墙上的钟表，显然是和时间赛跑。突然间一片漆黑，停电了。但是小老鼠不能停下来，在蜡烛微弱的光亮下，他继续工作，直到完成作品。当他注视着成品的时候，露出了胜利的微笑。他可以肯定这是他迄今为止制作的最完美的一套西装，这是他的巅峰之作。

他把衣服装入袋中然后离开。市中心仍然处于停电中，他只能自己走下楼。当走到门口时，他惨白疲惫的脸把门卫吓了一跳："你怎么了，小老鼠，你是不是不太舒服？需要我帮你叫医生吗？"

不，他不需要医生。小老鼠离开大楼，上了一辆停在附近的出租车。

"去哪里？"司机问。

"去政社局，你知道政社局在哪儿吗？"

"老先生，你是要去告发谁吗？"司机开玩笑地说，"还是去自首呢？"

"不要胡说八道了，赶快开吧。"

司机掉了一个头朝目的地开去。十分钟后，他们抵达了政社局。

小老鼠走向门口的接待处，向值班人员说要见弗朗西斯科专员。

"你的名字？"值班的男人问道。

"本杰明。我是他的裁缝。"

"裁缝？"男人皱了下眉头，"我不知道专员会不会见你。他刚刚到办公室,他今天的日程已经排满了。"

"我有个包裹给他。"小老鼠坚持说。

男人拿起电话,低声和专员讲了几句后放下话筒说:

"你可以进去了,他在一楼。"

专员又高又壮,留着山羊胡,正一个人在办公室里等他。

"我差点就不能接待你了,小老鼠,因为我的日程太满了。但是你说给我带了个包裹,我想知道是什么?"

小老鼠没有说话,打开袋子,从里面拿出那套西装。

"给我的?"专员惊讶地说。

"是的,这是您的裁缝给您的礼物。"

专员十分满意地看着西装,"太漂亮了,小老鼠,虽然我们已经认识很久了,但是这是你给我做的衣服里最完美的。"

他试了一下外套,非常合身。左袖比右袖稍微短了几毫米,这是小老鼠制衣的原则,不过专员没有注意到。"太完美了!"专员不停地感慨,突然他停下来,面带怀疑地问:

"你为什么要送我这套西装呢?"

小老鼠含糊不清地解释说:"您是我的老客人,而且我们合作非常愉快,眼看圣诞就要到了,所以我决定……"

专员打断他:

"听着,小老鼠,你不要骗我了。你肯定想要什么。你也不要浪费我时间了,就直说了吧。"

到了关键时刻,小老鼠生咽了一口痰,开始说:

"昨天晚上,你手下几个人抓了一个小伙子……"

"确有此事。关于这个的报告还在我桌子上,我正要看这个报告。"

专员拿起报告快速扫了一遍,接着冷冷地地看着小老鼠说:

"杰米·维塔利耶维奇是你的亲戚?"

"是的。"

"你想让我放了他。"他放下报告说,"这不行,小老鼠,这事我做不到。我不能放了那个小伙子。"

小老鼠几乎要哭了,恳求说:"他是个可怜的孩子,从小父母离异,又身患残疾,他怎么可能参加革命呢?他对任何人都造成不了威胁,也没有参加过任何反动活动。而且,他马上要去圣保罗了。"专员听完后再次看了一遍报告:

"这个案件还需要调查确认,小老鼠,因为他有可能和国外组织有联系。我手下在他身上找到一张用德语写的信,落款是个叫什么弗兰茨·卡夫卡的人。这信现在也在这里。"

他把信给小老鼠看。

"你知道签名的人是谁吗?"

"我知道。"小老鼠回答说,"他是一个作家,已经去世了。我认识他的时候,他住在欧洲,这信就是他给我的。"

"作家?"专员仍然不太相信,"我从来没有听说过这个人。"

他好像突然想到了什么：

"等一下。我有个调查员看过很多文学作品，我去问他，看他是否知道点什么。"

专员拿起电话拨了一串号码：

"喂？弗里斯尔图？我是弗朗西斯科专员，我需要向你了解些信息，关于文学方面的。你听说过一个叫卡夫卡的作家吗？听说过？他真的是作家？文章写得很晦涩的？他用什么语写的呢？德语？好的，知道了。"

专员放下电话。

"你说得没错，小老鼠。卡夫卡确实是个作家。听着：你懂德语吗？那你给我翻译一下这个写的是什么。"

小老鼠按照他的要求翻译了一遍。专员听完后，皱紧眉头，茫然地说：

"什么乱七八糟的，我一点都没有听懂。在圣殿里的豹？什么豹子，什么圣殿？"

他突然起了疑心：

"这不会是个暗号吧，小老鼠？圣殿里的豹子，是不是暗指什么组织。"

"不是暗号。"小老鼠回答说，"这个作家的风格就是这样的。"

"你确定？"专员怀疑地看着他。

"我百分之一百确定。"

专员知道小老鼠不是会撒谎的人。

"好吧，那我相信你。希望你没有骗我。"

专员沉默了片刻，犹豫了一下，最后问小老鼠：

"我们也认识很长时间了，我知道你读了很多书，你跟我老实说，你喜欢这类文章吗？"

"不喜欢。"小老鼠说，"我觉得写得不知所云。"

"是吧？"专员露出胜利的表情，"就是一团糟，完全不知所云。什么豹在圣殿里，谁要知道豹在圣殿里？这文章没头没尾，对我来说就是胡说八道，疯子才会写出这样的文章。"

专员接着高兴地说：

"你运气不错，小老鼠。今天我心情好，所以我就放了你的亲戚。但是绝不允许他再出现在这里了，听到了吗？"

他拿起信纸，在旁边注上几行字，然后读给小老鼠听：

"鉴于文件是文学作品，并且相关的外国作家已经去世，所以杰米·维塔利耶维奇，别名坎塔雷拉，因为证据不足被释放，但是仍对其进行观察。"

然后专员拿起电话拨了一串号码：

"可以放了这个维塔利耶维奇了。他的一个亲戚会来接他。什么？好，知道了。就这样吧。"

把听筒放下后，专员看着小老鼠说：

"小老鼠，我要先事先提醒你，你亲戚的情况不是很好。你也是知道的，我们审问时会采取一些手段，这都是正常的。你的亲戚正在走廊尽头等你，带他走吧，不要出去乱说。"

他把卡夫卡的文章递给小老鼠：

"这是你的，你带走吧。"

小老鼠正准备拿过信纸的时候，专员又改变了想法：

"你刚才说这个信和反动活动没有任何关系，我相信你，但是以防万一……"

专员把信纸撕成碎片扔进了垃圾箱。小老鼠浑身僵硬地看着他。

"反正这信对你来说也没什么用，你不是也说他写的狗屁不通嘛。"

"确实是。"小老鼠冷漠地说。

"所以这信毫无用处，就是垃圾。现在请你离开吧，但是记住，出去后不要说一句有关今天发生的事。假如我知道你跟谁说了今天的事，我就要逮捕你了。快走吧，在我后悔前赶快带你亲戚离开。"

小老鼠走下楼梯，沿着长长的走廊走到尽头，一个警员正押着杰米站在那里。小伙子满脸瘀青，站立不稳，尽管小老鼠一再坚持，但是杰米既不肯去医院，也不肯看医生。他去了趟家里拿行李，接着与母亲和比阿特里斯告别后就直奔火车站。

晚点八点。小老鼠藏在一棵树后，暗中窥视政社局大楼。员工陆陆续续离开办公室，灯也一盏一盏地熄灭了。最后一名员工终于离开大楼，保洁人员拖着一大桶垃圾扔在路边。

小老鼠给停在路边的孔彼做了个手势,孔彼把车开到政社局前,然后下车帮小老鼠一起把垃圾挪到车上。"快点儿,快点儿。"本杰明不安地催促道。孔彼手忙脚乱地拖着垃圾,最后好不容易把所有垃圾塞到车里。他紧张地抱怨:

"我参与过很多疯狂的事情,但是从来没有偷过垃圾。"

"闭嘴,伙计。"小老鼠低声说,"你又不是白干活,我付了你一大笔好处费。"

根据事先约定好的,他们在街上绕了好几圈后才返回小老鼠的住处。孔彼把垃圾从车上搬下来,堆放在小老鼠家中。他在收到钱正准备离开的时候,转过身问小老鼠:

"我就好奇一下,为什么老先生您要偷垃圾呢,而且还是偷政社局的垃圾?"

"我是反动派。"小老鼠说,"我现在正在进行一项任务,十分重要的任务。"

那人不可思议地看着他,不知道说什么。这时小老鼠笑了:

"骗你的。你真的想知道?好吧,那我就告诉你。"他压低声音,"你不要告诉任何人:我收集垃圾,这是我本月偷的第十次垃圾。"

那人再一次一脸震惊地看着他,咽了一口口水,好像话正卡在喉咙里。接着那人告别说:"下次你再要偷垃圾的时候,直接叫我就好了。"然后他转身离开。小老鼠关上门,找来一大块帆布铺在地上,接着把垃圾倒在上面,仔仔细细地搜找起来。

他搜找了好几个小时。垃圾里什么都有：撕碎的纸、烧焦或者毁坏的照片、橙子和香蕉皮、空的饮料瓶、香烟头、火柴盒、带着残留食物的纸盘子。

当小老鼠快要绝望的时候，他终于找到他一直在寻找的东西：一小块纸片，上面写着"豹子"。

这是他能找到的有关弗兰茨·卡夫卡写的信的仅存部分。卡夫卡一八八三年出生于布拉格，因肺结核于一九二四年去世。小老鼠把这一小块纸片镶在框里，这纸片一直伴随本杰明·维塔利耶维奇，直到一九八〇年，他去世的那年。这张纸片在小老鼠临终前还放在他的床头上，同时也在他的记忆里。当他快去世时，开始神志不清。医院的看护人员跟我说他看到一些东西，嘴里一直念叨着豹子。但是我知道这不是他的幻觉，或者说不只是他的幻觉。他的最后一个晚上，我坐在他的身旁。他一动不动地躺在床上，紧握双拳。

在他身后，一座圣殿大门敞开，里面放着镶嵌着宝石和黄金的圣杯和其他贵重物品。没有人看护圣杯；祭司都惊恐地逃走了。但是小老鼠没有，虽然他受到惊吓，他却没有逃走。这个与宗教无关，他不相信在圣殿里进行的宗教，事实上，他不相信一般的宗教，宗教于他而言是人民的鸦片，这不是他关心的事，他要面对的是另一件事，有更崇高意义的事。所以他一动不动地等待，紧握双拳。这是一个漫长的等待，几天、几个星期甚至几年、很多年。

其他人已经放弃了，但是小老鼠没有。小老鼠相信它们一定会来，他已经见过它们一次，他知道自己坚定的决心。它们一定会来，来进行这场最后的战役。

夜幕降临，在阴影中有个声音在呼唤他："来吧，本杰明，进来吧，进来吃点儿吧。"是他的父母、兄弟，关心他、不希望他冒险的人们。小老鼠感觉到诱惑，但是他不能离开岗位。他要在那里等待最后的决战，他的朋友伊奥斯也会这么做的。啊，假如贝丝在场的话，就能看到他是为了保卫圣杯，而不是来抢夺它们的！这样她就会相信和理解很多年前他口中所说的任务。但是没有伊奥斯，没有贝丝，也没有杰米，勇敢的杰米最后在圣保罗死于一场车祸。小老鼠只身一人，但是这不重要。

从远处，他听到轻微的响声，好像是从鼻腔出来的喘息声。他感到后背一紧，提高警惕："难道是它们？"

是它们。豹子从小路上慢慢走来。两只濒临灭绝的凶猛动物，舔着嘴唇，肩并肩地朝前走来。为什么它们如此饥渴，因为它们已经有很多年没有喝过圣杯里的液体，现在这个液体的味道正吸引着它们。

两只猛兽停下脚步，盯着小老鼠。一个瘦小的男人和两只豹对视着。到了关键时刻。小老鼠应该逃跑，像豹子期待的那样撒腿逃跑，坐上火车，回到俄国南部的犹太小村庄。

但是小老鼠没有这么做。他仍然一动不动地站在那里，紧握双拳。"禁止通行。"他嘴里念着，"禁止通行。"豹子仍然盯着他，其中一只仰天咆哮了一声，但是小老鼠仍不为所动，继续一动不动地站着，紧握双拳。"禁止通行。"

豹子绕着他走了一圈，然后慢慢地消失在阴影中。小老鼠深深地吐了一口气。现在豹子在哪里？它们不在圣殿里，不在。

小老鼠终于可以休息了。他关上圣殿的大门，转身离开。

有关作家-人物角色

在奥雷里奥·布阿尔克·佩雷拉编写的《新巴西葡萄牙语词典》中,"k"打头的词条中有一个单词是"Kafkiano",形容词,意思是属于或者有关弗兰茨·卡夫卡(1883—1924),这位讲德语的作家出生于捷克的布拉格①。

这正是因为作家的名气,他的名字成为词典里的一个形容词。卡夫卡的名气和巴西伟大的奥地利裔批评家奥托·玛利亚·卡波讲述的故事形成鲜明对比。卡波还居住在欧洲的时候,有一次他向出版方索取应得的版税,但是出版社没有钱,提出交换条件说:"我这里有一打还没有出售的书,假如你愿意的话,可以拿去,充当一部分版税。这些书是一个叫卡夫卡的人写的。"卡波从来没有听说过这个作家,所以拒绝了。可是后来,他自己意识到错失了良机:几年后,卡夫卡作品的原版都身价不菲。

但是,不仅仅是卡波犯了错误,卡夫卡也是。在他临终前,他委托自己最忠诚的朋友、同是作家的马克斯·布洛德将手稿全部烧掉。还好,布洛德没有遵循卡夫卡的意愿,否则我们的世界将失去最不寻常的现代文学作品。

弗兰茨·卡夫卡死于肺结核——杀死了无数作家和艺

---

① 当卡夫卡出生的时候,布拉格是波西米亚王国的首都,属于奥匈帝国。

术家的疾病，他短暂的一生都是在不断忍受痛苦和不懈追求巨大谜团的答案。

卡夫卡出生于捷克的布拉格，但是他不使用捷克语，而是用德语来写作。此外，他是犹太后裔（他的三个妹妹都死于纳粹集中营），这也使得他的身份和他的忠诚度复杂化了。他的父亲赫尔曼是个充满活力却又十分独裁的商人，他和青年时期的卡夫卡之间有很多矛盾，这些都记录在卡夫卡三十六岁时写的著名的《致父亲》中。其中他写道："你让我明白了独裁的特质。"

卡夫卡在布拉格的卡尔·费迪南德大学学习法学，随后在忠利保险公司工作，这是他第一次和官僚式生活接触，从此他一直和官僚打交道，这也在他作品中间接体现出来。接着他在半国有化的工人事故保险局工作，利用工作之余的时间写作，并尽量发表自己的作品，一般都是在小杂志上。与一个犹太剧团成员的友谊让他和犹太教又建立起了联系。和德国或者法国等其他国家的情况不同，犹太教对于来自东欧的人来说是一种以情感和表达为基础的文化，而不仅仅是出于理性或者宗教仪式。

一九一二年，卡夫卡认识了他的未婚妻菲利斯，但他们没有结婚，卡夫卡给她写过很多体现他冲突人格的信函。

在一九一二年十一月十七日到十二月七日之间，他完成了《变形记》，这被认为是卡式艺术的最高成就。主人公格里高·萨姆沙 [注意"萨姆沙"（Samsa）和"卡夫卡"（Kafka）这两个名字中元音和辅音的顺序一样] 一觉醒来后变成了一只巨大的甲虫。接着发生了一系列事情，但是最让人感到震撼的是大家对格里高变形后的冷漠态度，包括他自己的家人。传记作家恩斯特·帕维尔评价说："这是关于仇恨魔法和虚伪力量的有毒童话。"

一九一六年，卡夫卡决定在紧靠老城墙、位于炼金术师路上的小屋里独自生活。第二年，他出现了肺结核的症状，并开始咳血。但是他却认为这是一种"精神疾病"。马克斯·布洛德费尽口舌才说服他去看医生，被确诊为肺结核（在当时无药可医）。

同一年，他解除了与未婚妻菲利斯的婚约。卡夫卡还有过其他几段关系，其中包括朱丽叶和密伦娜，密伦娜也是作家，并把卡夫卡的信翻译成捷克语，卡夫卡最后和多拉相处的日子给他带来了些许幸福。

到了肺结核晚期，卡夫卡已经难以开口说话甚至无法进食。在绝望之中，他请求他的好友罗伯特医生为他注射吗啡，但是这对他也是致命的，"杀了我吧，否则你就是在谋杀我。"卡夫卡的哀求再次传递了讽刺的矛盾。密伦娜后来在卡夫卡的讣告中写道："他在世界面前是个孤独、忧心忡忡的人。"她还补充道："他写出了德语现代文学中最有意义的作品，他把这个世界看得如此透彻。"

除了多篇短篇小说、日记和信函，卡夫卡的主要作品有《城堡》《审判》《失踪者》和《变形记》。卡夫卡的大多数作品都是在他死后出版的。